漂泊の街角

失踪人調査人・佐久間公③

大沢在昌

双葉文庫

目次

ランナー …… 5
スターダスト …… 63
悪い夢 …… 117
ベースを弾く幽霊 …… 165
ダックのルール …… 225
炎が囁く …… 281

ランナー

1

確かにこんな日はスポーツをしていた方が体に合っている。車から降りたち、サマージャケットを助手席に投げこんで思った。

頭の天辺《てっぺん》から首すじ、肩、腕に日ざしを感じた。足元からじわじわと、反射熱で炒《い》られている。サングラスのレンズを通すと、埋立地のグラウンドの間にのびるアスファルト道路は、溶けたホワイトチョコレートのようだ。

スポーツはダイビングかサーフィン、海に関係するものがいい。息をとめて、冷たい水にとびこむ一瞬を想像しながら、球音の響く金網の向こう側へと向かった。

暑苦しいユニフォームを着て、熱い地面を走るスポーツマン達に、それほど羨望《せんぼう》は感じない。彼らにすれば、真夏の盛りに失踪人《しっそうにん》を捜し回る探偵は、立場をかわりたいと思う存在ではないはずなのに。

ダイヤモンドの手前でノックをしていた男が真っ先に僕に気づいた。年は四十前後、顔と腕は黒く焼けている。うらやましい焼け方じゃない、水着になればくっきりとユニフォームの跡がついているはずだ。

そこまで考えて、何だか彼らをうらやましがるまいとしているような自分を感じた。

バットをおろした男は、帽子をずりあげ、額にへばりついた髪をかきあげた。声が届く位置まで近づくと、帽子をとって首すじの汗をぬぐう。人の良さそうな小さな目が僕の上から下までを見つめた。

「中野《なかの》さんは……？」

僕がいうと、男は幾度も頷《うなず》いた。

「私です。佐久間《さくま》さんですか、早川《はやかわ》法律事務所の……」

そうだ、と答えると驚いたようだった。

「失敬、どうぞ」

バットを他の選手に渡すと一塁側のベンチに誘った。グラウンドには彼と同じユニフォームを着た男たちが、十人程いる。腹がつき出ていたり、痩《や》せていたり、四十を過ぎていそうなのもいれば、ようやく二十といった若いのまで、顔ぶれはさまざまだ。ユニフォームのチーム名は「城西《じょうさい》ファイアーズ」と読めた。

ベンチの日陰に入ると、練習を見守っていた小柄なおばさんが、タオルを中野にさし出した。タオルで汗をぬぐうと、

「冷たい麦茶くれや」

おばさんにいう。

「はいよ」

紙コップの麦茶を僕も受け取った。

「どうも失敬しました。あの、実はあんたがあんまり――」

「若いので」

言葉を引き継ぐと、幾度も頷く。

「たいてい、テレビなんかで見る探偵さんてのは、刑事あがりの人が多いでしょ。だからつい、そんな人を想像しちまって」

僕は微笑した。

「慣れています」

「そりゃ良かった。いや、良かったってこともないか。私、この先の町で新聞販売店をやっとります」

「うかがいました」

あ、と首を頷かせて、急に中野は立ち上がった。

「キュウさん、何度いったらわかるんだよ！　体の正面でとるんだ、体の正面で！」

怒鳴られたのはショートを守っている、三十四、五の人なつこそうな男だった。のんびりとゴロを追いかけると、それを投げかえし、手を振って答える。

「すいません、どうもヘボ野球で」

「僕もチームに入っています」

「へえ？」

「早川法律事務所にはふたつチームがあるんですよ」

「ふたつも。弁護士さんのところにしちゃ、ずいぶん大きいですな」

「今度、試合をどうですか」

「いやいや、とんでもない」

大げさに手を振って、すぐ真顔になった。

「でも佐久間さんが、あいつを見つけてくれたら……」

「御依頼の方ですね」

「そうなんです。私個人の依頼というよりも、こりゃチーム全体で決めたことなんですわ。もうすぐリーグ戦の準決勝なんでね」

「チームの方ですか」

「ピッチャーですわ。それは、ほれぼれするような球、投げよります」

「そうすると、その方が居なくなった」

「ええ」

大きな溜息《ためいき》を紙コップに吹きこみ、中野はハイライトに手をのばした。

「私は草野球の監督をもう四年、選手時代も含めれば十年やっとりますが、あんな良い球放る奴は他に知りませんわ。たまに、元甲子園ちゅうのがおりますが、もう若かない連中ばかりですからね。おまけにうちのチームは商店街のオヤジばかりで、マイナーリーグといっても、準決勝までこられたのは、あの男のおかげなんです」

「その方のお話をうかがいましょう」

「私ら、ランナーちゅう仇名《あだな》をつけとりました。いつも、このグラウンドのすみっこで走っとりまして、半年程前ですか、私が声をかけてチームに入れたんです。二十《はた》か二十一ぐらいですか、はしっこい、運動神経の発達した男でしてね。野球はあんまりしたことはなかったらしいが、ちょっと教えるとめきめき上達しよりました……」

ランナーの本名は三杉《みすぎ》純一《じゅんいち》、中野の販売店がある町の安アパートにひとりで暮らしていた。学生か浪人のようで、働いているという話を聞いた者はいない。無口だが、体を動かすことには真剣だったという。城西ファイアーズが週に一度練習をするこの埋立地で始終、走ったり、腕立てふせをして体を鍛えていた若者だった。

三杉純一をスカウトして入れてから、城西ファイアーズは常勝チームに変貌《へんぼう》した。投げてよし、打ってよし、走ってよしの彼は城西ファイアーズのエースピッチャーになったのだ。

「無口な奴でしてな、自分のことは何を訊《き》かれても、にこにこして、余り話さんのですわ。けど人当たりがいいんでチームの連中からは好かれとりました。そんなわけで一週間前に何も断わらんと、あいつが居なくなってしまったときは、皆で相談して調査費を出しあおうちゅうことになりました」

「家族のことを聞かれたことはありますか、あるいは恋人とか」

「なかなかの男前でしてね、背も高くスタイルもいいからもてるだろうと冷やかしたら、照れとりましたが、自分には何かしなきゃならんことがあるから、恋人は作れんとか。若い者にしちゃ、ずいぶんウブでしたな。何ですか、私ら童貞じゃないか、と思ったくらいですわ。家族は姉さんがひとりおるという話を聞いたことがあります」

「住んでいた部屋は……？」

「一週間前にひきはらっとります。百メートルも離れておらんところに私の販売店がありますのにずい分水臭いことをする、とこいつとも話しておったんですわ」

おばさんを顎《あご》で指して、中野は煙を吐いた。

「出身地とか、そういうことは、どうです」

「いや、聞いたことありませんな。何しろ無口で。それで愛想がないか、というと、にここにこしておるし、野球がうまいのを鼻にかける様子もない。良い奴でした」

「しかし、どうもお話をうかがっていると、姿を消した理由は、かなり個人的な事情のようですね」

「私もそう思うんです。何しろ、チームに入る前も、入ってからも、体はよう鍛えとりましたし、何だか思いつめとるように見えました。朝晩、必ずランニングするんですわ。ですからピッチャーになってからもあいかわらずランナーと呼んどりました。私らとしては、事情があってこの町から出たのは良いと。けれど、チームの誰に訊いても喧嘩《けんか》をしたり、ランナーが野球を嫌いになったという話をしたのを聞いた者はおらんのです。もし、今どこにいるかわかりませんが、また野球ができるようなら仲間に入って欲しいんですわ。ぶっちゃけた話、来週の日曜がリーグの準決勝でしてね。ランナーがおらんことには、どうにもこうにも……」

中野は首を振った。

「わかりました。もし三杉純一さんを見つけられたら、その件について、中野さんに連絡をとるように伝えましょう」

「お願いしますわ」

「それで、彼の住んでいたというアパートに行ってみたいのですが」

「ああ、女房が車で御案内します。それじゃあ、お世話をおかけしますが、何分よろしく……」

立ち上がった。彼は本当に野球が好きなのだろう。彼のためにも、三杉純一がマウンドに戻る気があるといいのだが。

日なたにでると、夏が強烈なハンマーパンチをくり出した。がっちりとブロックする。一番好きな季節なのだ。

2

アパートは入口を共同で使う仕組の木造の建物だった。入口の三和土《たたき》に簀子《すのこ》がしかれ、両側に下駄箱がおかれている。

古いが清潔な板廊下はよく磨きこまれていた。廊下の両側に三つずつ部屋が並び、つきあたりに階段があって、二階も同じ造りになっていた。

家主はアパートの隣に建つ、小さな一軒家に住んでいた。中野の妻が僕を紹介したおかげで、初老の瘦《や》せた男が部屋まで案内をしてくれた。

三杉純一の部屋は二階のつきあたりで、共同洗面所の隣だった。ちゃちな鍵《かぎ》で、ベニヤの扉を開くと六畳一間の部屋が、そこにはあった。

部屋の隅、一間ほどの押し入れのわきにカラーボックス、小さなすわり机がきちんと並べられていた。どちらも空であることは、一日で見てとれた。

家主の男は教員あがりということで、三杉純一をよく覚えていた。独身の工員や店員の多い下町のアパートでは、純一は珍しい存在だったようだ。

「この家具は――?」

「いらんというので、アパートの誰か欲しい者に分けてやろうと思っとる」

決して愛想の良い男ではなかった。グレイのぶかぶかのズボンに、白い開襟《かいきん》シャツを着けている。目元が落ちくぼんでいるせいで、ひどく目玉が大きく見えた。

「というと、三杉さんが置いてゆかれた?」

むっつりと頷《うなず》いた。

「荷物は多かったですか」

「いや。これとあとは布団《ふとん》に、本じゃな」

「どんな本を読まれてました」

「知らん。部屋におるときは、たいてい本を読んどった。静かで部屋におるのかおらんのか、ようわからんかった。隣の部屋はスーパーの店員だが、あれはおるときはすぐにわかる。大きな音でラジオを鳴らすからの」

「つきあいはあったようですか」

「さあな。おそらくなかったろう」

純一は、ここでもひっそりと目立たぬようにしていたようだ。だがそれだけに、かえって、この家主の男には記憶に残る店子だったのだろう。

「家賃についてはどうです」

「遅れたことはなかった」

「定期的に出かけるようなことは？」

「そこまではわからんの」

純一は一週間前の金曜日、午後に家主の家を訪れて突然、引っ越すといいだしたのだった。部屋が汚れてもいないので、敷金をそっくり返すと、翌日自分で車を運転してやって来て、荷物を積みこみ立ち去ったという。

「いつからここに？」

「去年の暮れだね。大晦日《おおみそか》近くに、部屋の広告を雑誌で見て、入ってきた」

「そのときも車でしたか」

「覚えちゃいないが、多分そうだろうな。自家用車の一台もありゃ運べる量だからね」

「車はよく運転していましたか」

「いや。免許を持ってるのも知らなかった。おそらくどっかから借りてきたんだろ」

「どんな車か覚えていますか」

「白い、普通の車だった」

「太いタイヤや、大きな音をたてたりはしませんでした？」

「全然。普通の車だよ」

僕は部屋の中を見回した。手がかりになるものはひとつもない。

「生活をどうやって立てていたか御存知ですか」

「仕送りを貰《もら》っておったようだな。浪人だといっておったから」

「親元から？」

「知らんが、そうだろう」

どこに引っ越すかは聞いていない。

「申し訳ありませんが、賃貸契約書を見せていただけますか。三杉さんの保証人の住所を知りたいと思いますので」

迷惑そうな顔をしたが、同じ町内の人間の依頼で動いている探偵にそう無下《むげ》にもできないと思ったようだ。僕をそこに残し、自宅まで取りにいった。

僕はがらんとした部屋を観察した。半年程度とはいえ、驚くほど汚れていなかった。若者の住んだ部屋には、壁や扉の内側に必ずポスターの跡が残るものだが、それもない。小さな机の表面もじっくり見たが、名前の落書きすらなかった。安物だが、ていねいに使ったようだ。

灰皿のない暑い部屋で、煙草を吸いたいのを我慢しながら待っていた。中野も、この大家も三杉純一の写真を、僕に提供することはできなかった。

やがて戻ってきた大家が水色の表紙のとじこみ式のバインダーから一枚の紙をよこした。

まず一番上にアパートの住所があり、「賃貸人」として大家の名、「賃借人」として三杉純一の住所氏名、「連帯保証人」に三杉啓子《けいこ》の名、住所があった。三杉純一の住所は、アパートと同じになっている。普通、この欄には、契約時の住所を書くことになっているのだが、彼の場合は、最初からここの住所を書き、それでよかったようだ。

三杉啓子の住所は会社名だった。「シーダー企画」という名で新宿区内のビルにある。

その住所を書き写すと、礼をいって返した。

「ところで隣の部屋の方はどこにお勤めですか」

「二十四時間営業のスーパーだよ。このちょっと先にあるからすぐわかる」

大家の男は、部屋のつきあたりにある小さな窓を指した。僕は窓に歩みよった。

二枚のガラスのうち、一枚は隣家の壁で塞《ふさ》がれている。もう一枚からは、反対側の小さな町工場が見おろせた。

もう一度礼をいって、アパートを出た。

教えられたスーパーの前に車をとめると、自動ドアをぐって中に入った。この三〜四年、都内にやたら増えてきたタイプのスーパーだ。入ってすぐに雑誌の棚があり、コーヒーや弁当、調理パンをレジカウンターで売っている。ひとり暮らしの人間が、最低生きていくための品物は何でも揃《そろ》う。しかし、自分の生活様式にこだわる人間にとって本当に必要な品は何ひとつ手に入らない。

半袖《はんそで》の制服を着た若い店員がふたり、カウンターの中にいた。

店内はすいていた。

主婦はあまりこういう店は利用しないものだ。晩のおかずを買い揃えるのには適当といえない。正面の冷蔵庫からジンジャーエールを一本とると、カウンターに置き料金を払った。次いで、大家から教わった、三杉純一の隣人の名をいった。

レジスターを押していた二十前後の若者がとまどったように頷《うなず》いた。ニキビの跡と、無理な日光浴がたたり、顔がまだらになっている。きっと前の休みにでも、千葉か湘《しょう》南《なん》で、きばって焼いたにちがいない。

不安そうに僕を見つめている彼にいった。

「何んでもないんです。隣に住んでいた三杉さんを捜しているんですがね。心当たりありませんか」

「警察ですか」

片割れの方が真面目くさって訊《たず》ねた。

「いやいや」

手を振って答え、続けた。

「話したことはあります？」

「全然、ないよ。滅多に顔を合わせなかったし、なんか陰気臭い感じしたから」

どの地方かはわからないが、訛《なま》りの残る言葉で若者は答えた。僕は続けて二、三訊《たず》ねたが、役に立つ答は、何も出てこなかった。

「ありがとう」

いって、ジンジャーエールの缶を手に、自動ドアをくぐった。背後で若者が聞こえよがしにいうのを、聞き流した。

「何でえ、あれ」

車を都心に向けて巡らしながら、黄色電話を捜した。

三杉啓子が純一の母か姉妹かはわからないが、「シーダー企画」の住所に、電話番号は記されていなかった。直接向かう前に、「一〇四」で「シーダー企画」の電話番号を調べ、一応彼女の所在を確かめておきたかったのだ。

時刻は四時を回っており、これから都会の熱と騒音の地獄をくぐり抜けると、普通のオフィスの退社時刻を回ることになる。

どうせ自宅に戻る方角だが、無駄足を踏みたくはなかった。

彼女の住所が判明した時点で、調査は半ば終わったようなものだと、思っていたのだ。

電話ボックスを見つけると、小さなサウナ風呂に入る覚悟で扉を押した。エアコンのきいていた車内とは雲泥の相違だ。

一度に毛穴から汗が吹き出す。硬貨を落とし、一〇四を押すと、二十四時間営業の都会の女魔術師が出た。

メモした住所と社名を告げ、待った。

「……メモの御用意を……」

わかっています。ここにちゃんとしています。単調なテープに心の裡《うち》で答えること数分が過ぎた。やがて、カチリと音をたてて、受話器に女魔術師が舞い戻った。

「そのような住所、社名での記載はございません。業種はおわかりでしょうか」

「いや」

「それでしたら、ちょっと……」

「ありがとう」

受話器をおろし、戻った硬貨をすくいあげた。そうなれば、くそ暑い電話ボックスで愚図愚図する手はない。僕の車には、立派なエンジンと四つのタイヤ、冷房装置にオーディオまでが揃《そろ》っている。足りないのは冷えたビールと、それを勧めてくれる、性別を異にする柔らかな肉体だけである。前者は二時間もすれば、僕の部屋のキッチンで、後者は二日後の僕の寝室で、堪能できる——はずだ。

3

何々企画という社名ほど広い業種で使われているものはないだろう。芸能、興業、水商売、果ては金融会社まで、もってまわった社名をつける時代だ。

案の定、当該の住所に行き着いた頃には午後五時を過ぎてしまっていた。陽はまだ高く、都会を脱出してさっさと海辺にでも出かけてしまえと、僕をそそのかしている。

新宿の西外れにあるビルが、三杉啓子の連絡先として書かれた住所だった。七階建ての白っぽい造りのビルだ。交差点の角に肩をそびやかすようにして建っている。五階が「シーダー企画」のはずだが、そんな看板は出ていない。

一階は何もない、ただのエレベーター・ホールだった。しかしそこにある住居表示を見てやっかいなことになったと思った。
三、四階は個室サウナ「葵園《あおいえん》」、五階は事務所となっている。
どこからともなく、三十がらみの男が現われた。半袖シャツに黒のバタフライを着けている。愛想のよい口調でいった。

「いらっしゃいませ。御案内いたします」

エレベーターボタンを彼が押すと、扉は待っていたように開いた。そこが、単に汗を流すためだけのサウナではないことは、はっきりしている。九十度Cの部屋に入るだけの客に店側がこんな親切にする筈《はず》はない。

エレベーターのボタンに触れたまま、男は待っていた。彼の目には、懐の中身と下半身の欲望を秤《はかり》にかけているように映ったろう。

「五階を――」

僕はいって乗りこんだ。

「五階、ですか？」

「そう、五階に行きたい」

男ははかるように僕を見つめた。保健所の人間にも刑事にも見えない筈だ。

「どんな御用ですか」

「ある人に会いたいんだ」

「うちの者ですか」

「多分」

「何という名で？」

三杉啓子が職場であるソープランドで何と名乗っているかはわからない。

「三杉さん、というんだ」

「承知しました」

男は無表情でいうと、五階のボタンを押した。扉が閉まる寸前に、彼だけ箱から抜け出る。

三杉啓子が万一、ソープランドでホステスとして働いていた場合、店側のガードが固く、会えない可能性もある。男は対応を、事務所の人間に任せるつもりなのだろう。

五階に着き、扉が開くと僕は心をひきしめて、足を踏み出した。

暑いカーペットがしきつめられたエレベーター・ホールには、観葉樹の鉢植えが並べられていた。窓がひとつもなく、淡い照明が点《とも》っているきりで、突然、夜の中に迷いこんだような気分になる。

鉢植えの横にスティールの扉があり、白いアクリル板が貼《は》られている。

「シーダー企画」

確かにそこには書かれていた。僕は軽くノックをすると、扉を押した。

小さなテーブルがひとつと、応接セット、それに正面のデスクが目に入った。デスクは無人で大きな絵を背にしている。

応接セットにきっちりとスーツを着た、目つきの鋭い男がかけて煙草を吸っていた。

男は驚いたように僕を見上げた。

「三杉啓子さんという方にお会いしたいのですが、早川法律事務所の佐久間といいます」

男は立ち上がり、僕の頭から爪先《つまさき》までをゆっくりと眺めた。男の顔には何の表情も浮かばない。部屋のなかは静かで、どこかで嗅《か》いだことのある香水の匂《にお》いがした。

「弁護士さんのところからいらしたんですな」

やがて男は落ちついた声音でいった。低いが、よく通るバリトンだ。僕が頷《うなず》くと、ネクタイに落ちた灰を払い、上着の前を留めた。

「身分証か何か、お持ちですか」

サマージャケットから取り出して、彼に渡した。

「調査二課、というところにいらっしゃる」

男はじっくり見つめると呟《つぶや》いた。年齢は三十三、四だろう。下のエレベーター係りと同じぐらいだが、近いのはそれだけだ。雰囲気がまるで違う。

身分証を返して貰《もら》い、答えた。

「失踪人調査を専門に扱っています」

「失踪人？」

「三杉啓子さんの身内の方を捜しています」

「わかりました。お待ち下さい」

男はいって踵《きびす》を返した。絵の隣に、木の扉がある。それをノックして、中をのぞきこんだ。

「社長、社長に会いたいという方が見えています……」

後の言葉はよく聞きとれなかった。

僕は溜息《ためいき》を吐き出した。男は「社長」と呼んだ。三杉啓子はソープランドの女社長だったのだ。

「どうぞ」

男は扉を大きく開いて、僕を呼んだ。彼と入れ違いに僕は中に入った。

そこには窓があった。東向きの大きな窓に副都心の一部分がはめこまれている。

窓を背にして女がひとり立っていた。「社長」という言葉にはおよそ似つかわしくない女だった。

年は二十七、八、いって三十止まりだろう。白のサマーニットのワンピースを着ている。そこに至って、僕は香りの正体を知った。「インティメイト」だ。

髪を短くカットし、大きな目で僕を見つめている。落ち着いた、というよりは醒《さ》めた眼差《まなざ》しだった。化粧は薄く、アイラインと口紅だけである。

美人、というタイプではない。しかし、何人、いや何十人かの世の中の男は、こんな女のためなら自分のすべてを失ってもよいと考えるのではないだろうか。

「誰を捜してらっしゃるのかしら」

女は窓のブラインドを降ろした。風景が幾つもの走査線に切り刻まれる。

滑らかで、気取っているようにも聞こえる声だ。

「どうやら、あなたの弟さんのようです。三杉純一さん。ピッチャーを失った草野球チームのラブコールを伝えにきました」

三杉啓子は眉根《まゆね》を寄せた。

「ピッチャー……？」

「城西ファイアーズというチームです。商店街の親父《おやじ》さんたちが集まって作ったんだが、一週間後にリーグの準決勝を控えている。そこまでこれたのは、弟さんのお蔭《かげ》だということです」

「純一が野球をやっていたなんて知らなかったわ」

「無口な方だそうですね。皆からランナーと呼ばれて親しまれている」

女の口元に優しげな笑みが宿った。

「あの子は走るのが好きなんです」

「城西ファイアーズの監督は、走っているだけでは勿体《もったい》ないと思って、彼をスカウトしたようです」

「そう」

「弟さんに会えますか」

笑みが消えた。

「それは弟に訊《き》いてみないと」

「今どちらに……」

「私の自宅です」

「失礼ですが、ここは……」

「私のものです。ビルも含めて、中に入っている店もすべて」

「……」

「両親が遺してくれたわけじゃないわ。私が十六の時から働いて、自分で築いたのよ。母は、私が八つのときに死んだし、父は——ひどい酒呑《さけの》みだったわ」

いってから彼女は驚いた。

「どうしてあなたにこんなことを話すのかしらね」

「するとあなたは純一さんの親代わりだったのですね」

僕を見た目に皮肉の色があった。

「顔を合わさない方が良い親代わりね。私が店を持ったのは二十四のときだけれど、自分のいた店を買い取ったの。この下と、同じ類の店よ」

「なるほど」

「名刺を下さい。今夜、帰ったら弟に訊ねてみるわ」

僕は自宅の番号も書いて、彼女に渡した。

「夜はここにいます。なるべく早く連絡を頂きたいですね」

名刺に書いた電話番号を読んで彼女はいった。

「近くね。どちら」

「四谷です」

「そう。わかりました」

あっさりと頷いて三杉啓子は答えた。それが会見の終了を告げる合図のようだった。

僕は踵《きびす》を返しかけ、思いついて訊ねた。

「純一さんは、あそこで何をしていたのです？　ひとり暮らし、どこにも出かけないで」

うつむいて名刺を見つめていた彼女は面を上げ、笑みを再び浮かべた。

「待っていたんです」

不思議な笑みだった。

「何を、ですか」

「私はあの子に医者になって欲しかったの。でもちがう道を選んだわ。純一が望む人生なら、私はとやかくいいたくないの」

寂しげな笑みだ。

「自分の番が来るのを待っていたのよ。使命を受けるのを、ね」

使命という言葉の意味はわからなかった。

指名ではない、確かに彼女は使命といったのだ。

僕は手間をとらせた礼をいって、彼女の城を出ていった。

4

電話を貰ったのはその夜の九時頃だった。

テレビからラジオ放送に切り換えた途端、ジャイアンツが一勝を獲得し、僕はビールを飲みながらへまな采配をした相手チームの監督を呪《のろ》っていた。

ステレオチューナーのスイッチを切って、乱暴に受話器をつかみ上げると、啓子の落ちついた声音が流れてきた。

「今からでも出られますか」

怒りが冷め、酔いが遠のいた。

「純一さんに会わせていただけるんですね」

「迎えにゆきます。四谷セイフーの前で三十分後に」

「そちらは車で……？」

「ええ」

「わかりました」

電話が切れると、バスルームに入りシャワーを手早く浴びた。歯を磨くのも忘れない。三杉啓子は、弟を捜す探偵が、せっかく便宜をはかってやったのに酒臭い息を吐いて現われるのを喜ばぬはずだ。

タオル地の白いスラックスをはき、ポロシャツに袖を通した。人捜しよりも避暑地に向いた、いでたちであることを鏡が教えてくれた。若くて魅力的な女実業家と夜のドライブをするのだ、と鏡にいい返す。

深夜まで営業している大きなスーパーの前に、歩いて到着したのはきっかりの時間だった。

きょろきょろ見回すようなぶざまはせずに、煙草をくわえた。

通りの反対側で短くクラクションが鳴り、目を上げると白のジャガーの運転席に彼女がいた。信号を無視して外苑《がいえん》東通りを渡った。

「乗って」

ライトをつけると短く三杉啓子はいった。

僕は助手席に乗りこんだ。車内には彼女の他には誰もいなかった。

車はすべり出し、僕は昼間とはちがうパンツスタイルの彼女に見とれた。タンクトップを押し上げているのは、裾野《すその》に比べ、標高のある胸だった。新宿通りを東に折れると、彼女が訊ねた。

「何を見ているの」

「見飽きた夜景より、興味深いものを。どこに連れて行くんです？」

「弟のいるところよ」

三杉啓子は妙に緊張しているように見えた。バックミラーに必要以上に目がいっているし、スピードも出している。

「純一さんは僕が行くのを知らないんですか」

「いいえ、知ってるわ。どうして」

「焦っているように見える」

「女の運転が恐いの」

「恐くない運転をする女《ひと》はまれです。あなたが下手だとは思わない。けれど、普段からこんな運転をする人には見えない」

信号で止まり、シフトをニュートラルに入れると、彼女は髪をかきあげて僕を見やった。笑みが、やけに色っぽい。

「あなたのいう通りよ。普段は私、こんな運転をしないわ。なぜか教えてあげましょうか」

「…………」

「本当は少し恐いの」

「何が」

信号が青になり、彼女は車を発進させた。しばらくの間、答えなかった。僕は黙って彼女を見つめていた。こんな場合、無理につつかぬ方が良いことを経験から知っている。

ジャガーは麹町《こうじまち》にさしかかってから、北に折れた。細い道に入り、やっと速度を落とす。

「弟のことが」

「弟さんがあなたに何かするので――」

「いいえ、そんなことはないわ」

彼女は僕の言葉をさえぎった。

「あの子は優しいし、いつも静かよ。あの子がするかもしれないことが恐いのよ」

「使命とさっき、おっしゃいましたね」

「そう。あの子が選んだ道、選んだ立場よ。私にはとやかくいう資格はないわ」

ジャガーはバウンドして、がっちりした造りのマンションに入った。踏んばるようにして建物を支えている駐車場が、一階にはあった。

ポルシェやメルセデスが無造作に駐《と》められている。

ライトとイグニションを切った彼女に向き直った。

「あなたは良いお姉さんであろうとつとめすぎている。早くから両親を失い、女手ひとつで育てたために、干渉しすぎにならないかと自分にブレーキをかけているんだ」

彼女は黙って僕を見つめていた。

「ひょっとしたら、ね」

僕がつけ加えると、頷《うなず》いた。

「そう。きっとあなたのいう通りだわ。でも私はあの子にとやかくいうことはしない。そして、私以上にあなたには関係のないことだわ」

眉毛《まゆげ》ひとすじ動かさずにいった。

「行きましょう」

僕は答えるかわりにドアを開いた。

彼女の部屋は素晴らしかった。千鳥ケ淵《ちどりがふち》、北の丸公園を見おろす高さに位置している。厳重なオープナーシステムが住人以外の人間を一切寄せつけぬマンションなのだ。十階にその部屋はあった。

フロアスタンドを二本ともしたきりの、二十畳はあるリビングルームに僕は案内された。彫刻を施した木の楕円《だえん》テーブルが部屋の中心におかれ、巨大な花瓶に蘭《らん》が溢《あふ》れるほど活けられている。

東に向いた窓ぎわに、四角形の背もたれのないソファが幾つも並べられていた。そこに膝《ひざ》をかかえるようにして、スポーツウエアの長身の若者が横顔を見せていた。

「お連れしたわ」

靴を脱がずに室内に入ると、三杉啓子はいった。若者は向き直り、長い脚を床におろした。

陽に焼けた顔で白い歯並みが光った。

「初めまして、三杉純一です。御面倒をおかけしたそうで、申しわけありませんでした」

屈託のない笑顔だった。まぎれもなく、若さと、健康的な爽やかさがあった。

「中野さんが心配している。君がぬけては、準決勝をとても勝ち進めない、と」

僕は彼の向かいに腰をおろした。

「わかっています。皆んなに迷惑をかけてしまって……」

純一は面を落とした。

「佐久間さんは、何を飲むの。ビール、それともウイスキー？」

啓子がサイドボードに歩みよっていった。観音扉を彼女がひくと、バーセットに小型の冷蔵庫が現われた。

「面倒でなければジントニックを」

タンカレーの壜《びん》を認めて、僕はいった。啓子は頷いて、冷蔵庫の中から冷やしておいたグラスをとり出した。たいしたものだ。

純一に訊ねた。

「君は何を飲む？」

「僕は酒や煙草はやりません。でも気になさらずにどうぞ。姉さん、ミネラルウォーターを」

彼の言葉に、煙草をとり出した。

「試合には出られそうかな。来週の日曜だという話だけれど」

純一は窓の方角を見つめた。

「多分、無理だと思います」

寂しげな調子だった。

「どうして？」

「しなくてはならないことがあるので……」

「その日に？」

「いえ」

「じゃあ、どうして？　立ち入りすぎるかな」

「そんなことはありません。けれども」

顔を上げると、きっぱりといった。

「僕にはある信念があります。そのために、どうしても中野さんや他の方たちと行動を共にすることができないんです。黙って部屋を出ていったのは申しわけなかったと思っています。僕が何度もあやまっていたと、中野さんやチームの人たちには伝えて下さい。佐久間さんにも御迷惑をおかけして、本当にすいませんでした。けれど僕のことは忘れて下さるように……」

「ランナーがいなくなると、寂しがる人が多いよ」

純一の口元がほころんだ。

「ランナー、皆んなそう呼んで。良い人たちばかりだ」

自分にいい聞かせるように呟《つぶや》いた。啓子の不安の理由がわかるような気がした。この若者は、これから戦いに臨もうとする兵士のようだ。

「どうしても戻れないのなら、彼らが納得できるよう、自分の口から伝えたら――?」

「それが、できないんです。本当はあなたにも会うべきじゃなかった。けれど姉さんに説得されて」

僕はジントニックのグラスに手をのばして啓子を見た。啓子は蘭の向こう側でぼんやりと煙草を吹かしていた。目が合うといった。

「あなたが悪い人に思えなかったから。人を見る目には自信があるわ」

頷いて、ひと口飲んだ。

「ジントニックを作るのも上手ですね」

啓子は微笑《ほほえ》んだ。

「チームの人たちには君の言葉をそっくり伝えよう。わかってくれると思うよ」

「ありがとう」

「いつも走っていたのは信念のため？」

黙って僕を見つめた。何かいいたげな眼差しを彼はしていた。

「そうです」

低く答えると、彼は顔をそむけた。これ以上話すことは、彼に責め苦を負わすような気がした。彼が皆から好かれていた理由も充分、僕にはわかった。

グラスを空にして立ち上がった。ジンの苦味が舌に残った。それが消えぬうちにこの部屋を出てゆくべきだ。

「送るわ」

煙草を消して啓子がいった。

「ありがとう。それじゃ」

「さようなら」

静かに純一はいった。僕は決して使わぬし、使う自信もない言葉だった。彼は見事に使いこなした。

頷いて彼に背を向けた。

帰りの車の中で啓子はおし黙ったままだった。彼女の重い気分がわずかだが僕にもわかった。

三杉純一は、住んでいた町、仲間に別れを告げた。そしてそれはなぜだかは知らないが、現世に対する訣別《けつべつ》の前触れであるかのように見える。彼が、心の裡《うち》に留めているその理由を、僕に語る意志が絶対にないのは、はっきりとわかった。あるいは、啓子も漠然としか知らないのかもしれない。

「明日中に報告書を作成し、中野監督を始めとする城西ファイアーズの人たちに彼の気持を伝えましょう」

車が新宿通りを折れると、啓子に言った。啓子は小さく頷いた。

「純一さんはいつまでお宅にいるのですか」

「わからないわ。もう長くはないみたい。どこに行くかは訊かないで。私も知らないのよ」

「一体、何をするつもりなのだろう」

「……彼が望み、望まれていることよ」

「望まれている？　誰に」

答はなかった。

僕の部屋に車が近づくと、最後の質問を彼女にした。

「あなたのオフィスをつきとめたのは、純一さんの賃貸契約書からだったのですが、どうして自宅の住所を書かず、オフィスの住所を書いたのです、彼は？」

「さあ……。ひょっとしたら私に迷惑をかけまいとしたのかもしれないわ」

「だったら偽の住所を書いてもよかったのに」

「あの子は嘘《うそ》がつけないのよ、どんな小さなことでも」

ジャガーを降り、別れを告げて歩き始めてから気づいた。迷惑をかけないとは、一体どんな意味なのか。保証人の欄に住所氏名を記すことが、どうして迷惑をかけることなのだろうか。借金の保証人ではないのだ。

自分の間抜けぶりを嘲笑《あざわら》いながら、アパートに続く裏道に入っていった。

背後からエンジン音が聞こえてきたのは、アパートの建物から百メートル足らずの地点だった。人通りがちょうど絶えていた。

反射的に道のはしに寄った。それから気づいた。

この道は一方通行で、僕の向かう方角からしか入れない。背後の車は、進入禁止の道を逆走している。

振り返ると、上に向けた四つのライトがまともに目を射た。スピードを上げる気配を感じ、シャッターをおろしたパン屋の自動販売機の陰に飛び込んだ。急制動の音を立てて車は停止した。

ドアの開閉音がして逆光の中に三つの人影を見た。僕は進み出た。

「何のつもりだ――」

言葉を言い終える間はなかった。鳩尾《みぞおち》にパンチをくらい、つんのめった。だが、いつだったかヘヴィ級ボクサーなみの黒人にくらった代物とはわけがちがう。飛んできた靴先を胸の前でブロックし、ひねってやった。

アスファルトに相手が倒れこんだ。一歩踏み出したのを、残りの二人が羽がいじめにした。体をひねって抜け出そうとしたが、恐ろしい馬鹿力だった。肩先が痺《しび》れるほど腕をしめあげられている。

倒れていた男が立ち上がり、裏拳のきつい奴を僕の頬《ほお》にくれた。口の中が裂け、血が歯の裏にたまった。しゅうしゅうと音を立てながら顔を近づけてきたが、逆光のせいではっきりと顔は見えなかった。ただ若くはなく、髪を短く刈っているということだけがわかった。

「三杉純一に構うんじゃない、わかったか」

髪をつかんで仰向けにされ、脚で蹴れないよう、二人組に肩を押さえつけられている。

「どういう意味だ」

頬の反対側を再び裏拳が襲った。歯が折れるのがはっきりとわかった。

「こういう意味だ。わかったな」

不意に右腕が前の方にひっぱられた。男が手刀を振りおろすのを僕は他人の腕のように、見つめていた。

鈍い音が、耳と脳に伝わった。脳に伝わった音はすぐに激痛に変わった。

「忘れるなよ」

耳元に囁《ささや》くと、男は僕をつきとばした。答える余裕はない。左腕のいましめがとかれ、僕は道路に跪《ひざまず》いた。わずかな自尊心が倒れることを許さなかった。

男たちが車に乗りこみ、後退させ視界から消えると、その自尊心が底をついた。

5

三日後、僕は顔にはマスクをし、右腕を首から吊《つ》った姿で「シーダー企画」を訪れた。

一階のエレベーターホールに立つと、バタフライの男が現われた。時刻は午後四時を回った頃合いだ。

「どちらへ行かれるんです？」

このいでたちでソープランドに赴く人間はいない。はっきりと怪しんでいるのだ。

「五階まで。おたくの女社長に会いに」

止めさせるつもりはなかった。二日間、救急病院のベッドで苦しんでいたのだ。腕のギプスで殴りつけてでも五階に昇る気でいた。

それが伝わったのかもしれない。男は気圧《けお》されたように後退《あとずさ》った。

「どうぞ」

エレベーターに乗りこみ五階に昇った。最初の部屋のドアをノックすると、苦労して開けた。中には、前にこの部屋で見かけた男と啓子の二人が居た。

男は僕を見咎《みとが》め、鋭い声を出した。

「何だ、あんた！」

「忘れたのか、三日前に会ったよ」

マスクをつかんでおろした。裂けた唇《くちびる》が乾き、倍以上にふくれあがっている。

だが、わずかに眉をひそめただけだ。

「探偵さんか」

目をデスクにすわる啓子に転じた。息を呑《の》み、目を瞠いている。

「どうしたの！」

「あのあと、三人の男が出迎えてくれたんです。メッセージをくれた。弟さんに構うな、と」

「私がやらせたと思っているの」

怒りが啓子の顔を染めた。腰をうかし、顎《あご》をひいて僕を見つめた。

「あなたには僕を痛めつける理由がない」

「刑事が一緒なのか」

男が訊《たず》ねた。僕は振り返って答えた。

「警察には届けていない。階段から落ちたことになっている」

「その腕は……折れてるの？」

「きれいに折ってくれたから、くっつくのも早いそうです」

啓子はじっと僕の目を見つめた。

「純一さんはどこです。まだあなたの所にいますか？」

見かえして訊ねた。彼女は視線を外した。

「高橋、悪いけど少し外してくれる」

「わかりました社長」

うっそりと男は答えて立ち上がった。暑い盛りにスリーピースをスキなく着こなしている。僕が袖を破らずにスーツを着られるまで、あと一カ月はかかる。

僕の背後でドアが閉まると、啓子がいった。

「いないわ、もう」

「どこに行ったんです」

「知らないといったでしょ、このあいだ」

「あなたに訊《き》き忘れたことがあった。この前僕が、純一さんが賃貸契約書にあなたの自宅の住所を書かなかった理由を訊ねると、あなたは、彼が迷惑をかけまいとしたのだ、と答えた。それはどういう意味です？」

「知る権利がある、あなたはそういいたいのね」

「折れた腕一本分」

同様になくした歯のことはいわなかった。

「いいわ、立ってるのつらいでしょ、すわって」

ソファに腰をおろすと、苦心して煙草をとり出した。啓子がデスクを回り、向かいにすわってライターをさし出した。

「前にここであなたに会ったとき、あの子が使命を受けるのを待っていた、とあなたに話したのを覚えている？」

頷《うなず》いた。

「彼は信念がある、といった。そのためにひとりで暮らし、体を鍛えつづけていた。使命というのは信念に関わりがあるのですね」

「ええ。でも、もしあなたがわたしの話を聞けば腕一本じゃすまなくなるかもしれないわよ、良くて」

「僕は仕事柄、起きたトラブルは忘れない。それが自分の身に起きたことならなおさらです。起こした奴にも忘れてもらいたくないんだ。できることなら鉄格子の向こう側で、同じように石膏《せっこう》で固められて、じっくり思い出させてやりたい」

啓子は微笑した。そっと手をのばして、僕のギプスに触れた。

「痛む？」

「もう大分ひきました。だがひどくむず痒《がゆ》い、そっちの方がつらい」

指をひっこめ、微笑を消した。

「弟は昔から優しくて一途なところのある子だったわ。だから私は、ソープランドで働き始めた頃、ずっと自分の仕事をあの子に内緒にしてきた。けれどもあの子が十九のとき、つまらないことがきっかけでそれがばれてしまったのよ。皮肉なものね、それが私がソープランドのホステスをあがって経営する立場になったときだったわ……」

「…………」

「一年ほどあの子は行方が知れなくなった。苦労して入れた医大に勝手に退学届けを出してね。一年ぶりに帰ってきたとき、あの子は既に部屋を借りていて、ある人の世話になっていたわ」

「ある人？」

「名前は知らない。けれど『義人塾《ぎじんじゅく》』という名のグループを率いているというのを聞いたわ」

「義人塾？　右翼ですか」

「ええ。何ていうのかしら、よく街で見かける宣伝カーに乗っているような人たちとは全然ちがうようだけど」

「過激なんですね」

「とてもね」

僕は左手で煙草をむしりとり、消した。

「まさか純一さんはテロリストを目指していたんじゃないでしょうね」

啓子はうつむいて低くいった。

「さすがね、探偵をしているだけあって」

「馬鹿な！　あなたは自分の弟が人殺しになっても平気なのか」

「彼が望む道なら」

「いいですか。彼がアパートを畳んだのは、おそらく何かをする気だからです。しかも、あの晩、僕を襲った連中が警告したのは、彼のしようとしていることを僕に嗅《か》ぎつかれまいとしたからだ。時間はもうあまりないということなんだ」

純一は僕が襲われたことなど何も知らないにちがいない。愚かにもひたむきに、使命を与えられる日を待っていたのだ。

あの若者をどこかの狂信者の犠牲にするわけにはいかない。

「電話を借ります」

「どうする気なの」

「彼を止めるんだ。絶対に人殺しなんかさせない」

受話器を取り上げ、考えた。警視庁に知りあいはいる。しかしへたに事件のことを話せば、純一が容疑者として追い詰められる結果になりかねない。それを防ぐには、もっと強力で柔軟性のある組織のバックアップが必要だった。

数年前、中東のある産油国からの留学生の失踪事件を扱ったことがあった。ほぼ同時期にその国ではクーデターが起こり、留学生の父親は、新政権の中で重要な役割を果たす立場にあった。留学生の若者はドイツの大物犯罪者に誘拐され、はからずも僕がそれを助け出す結果になったことがある。そのとき、極秘裡《り》に彼の身柄を保護しようとした組織があった。そこの幹部は、僕に借りがあると思っている。

あるいは今、僕の手助けをしてくれるかもしれない。

電話帳を取り出すと、メモして以来一度も使ったことのない番号を回した。

二十四時間、常に誰かが待機しているはずだ。

数度鳴らすと相手は出た。

「はい」

返事をしただけで沈黙している。

「梶本《かじもと》さんに連絡をとりたいのですが、こちらは早川法律事務所の佐久間と申します」

「梶本、ですか」

「そうです、佐久間公《こう》と伝えていただければおわかりになるはずです」

「わかりました。そちらの番号を教えて下さい。かけ直させます」

電話機に書かれた番号を読み上げ、電話を切った。

五分と待たされなかった。電話が鳴り、電話機をとった啓子が無言で僕にさし出した。

「佐久間です」

「梶本です、久し振りです。お元気ですか、ずい分妙なところにいらっしゃいますね」

あいかわらずていねいな喋《しゃべ》り方だった。ここの番号を調べ、どこに使われているか瞬時に確かめることなど彼にとってわけはない。

「力が借りたいのです」

僕は単刀直入にいった。

「ほう？　まだ失踪人調査の仕事をされているのですね」

「御存知でしょう。それより、力を貸していただけるかどうかを訊《き》かせて下さい」

「お会いした方が良いようですね」

落ちついた声音で梶本はいった。

「結構です。ただし時間を無駄にしたくない。もし力を貸していただけるなら『義人塾』という名の組織についての資料を持ってきて下さい」

「なるほど、わかりました。三十分いただけますか、そちらまでうかがいましょう」

「ここに直接、来るのですか」

「あ、えー、そのビルの下まで行きます。降りて待っていて下さい」

梶本は確かに僕の居場所をつきとめているようだ。低い声で笑って、電話を切った。

6

約束の時間きっかりに梶本はやってきた。かなりつらい思いをしながら立っていた僕の前に、黒塗りのベンツが停止して扉を開いた。後部席にメタルフレームの眼鏡をかけた、がっちりした男がひとりかけている。年齢は四十五、六になるはずだ。

彼の隣に苦心して乗りこむと、梶本は目を丸くした。車はすぐに走り出した。

「あいかわらず命を狙《ねら》われているのですか」

彼と知り合った事件のとき、僕に恨みを抱いた人物が次々と爆弾を仕掛けていたのだ。

「警告を受けたんです。おそらく『義人塾』の連中だと思います」

「警察には届けましたか」

「かわりにあなたに届けた」

梶本は薄い笑みを見せた。

「結構です。どうやらやっかいなグループと関わったようですね」

「内閣調査室でも人気のある連中ですか」

梶本の、僕に向ける柔和な表情の陰には計算高く、怜悧《れいり》な頭脳がおさまっている。人事異動がなければ、彼の役職名は内閣調査室副室長のはずだ。その彼が笑みを消していった。

「危険さという点ではかつての日本赤軍と好対照でしょう。かいつまんで説明しましょう、北一輝《きたいっき》の流れを汲む老人で、東野照臣《とうのてるおみ》という男がリーダーです。塾生と呼ばれる門下生は少数精鋭で結束が固く、武道の訓練を受けています。塾生のうちの特に体力、知力に秀れた人物をテロリストとして養成している節もあります」

それだ、三杉純一はそのひとりにちがいない。

「養成された若者はある段階に達すると『義人塾』との関係を消すために潜伏します。我我が彼らの実行動を捕捉《ほそく》したくとも、なかなかできずに手を焼いていたことを、白状しなければなりません。

東野照臣の影響力は絶大で、一度門下に入ると、まるで教祖の如く敬い、従属することを要求されます。ある意味で、彼の教典は全人格的な面にまで及ぶので、他の右翼団体構成員に比べ、かえって大人しい性格の所有者のように見られがちです。一見して右翼といった雰囲気ではなく、平凡な市民として社会にとけこむことを第一に学ばされるからです。ただしそれはあくまでもテロリストのカバーとしてです。時期が到来し、東野の指令を受けるや、彼らは自らの死もいとわぬ危険な殺人者に変貌《へんぼう》します」

「変貌しかけている若者をひき戻したいのです」

僕がいうと、興味を惹《ひ》かれたように梶本は見つめた。僕は今までのいきさつをひとつ残らず彼に話した。

話し終えたとき、車は東銀座にさしかかっていた。梶本はいった。

「なるほど、あなたはどうしたいのですか。というよりは、私にどうして欲しいのです？」

「何も、別に何もしなくて結構です。ただ僕が『義人塾』に乗りこんで、その東野という爺いの尻《しり》を蹴り上げ、三杉純一の居場所を白状させるまで黙って見ていて下さい。三杉純一はおそらく何らかのテロ行為の準備行動を取っているはずです。もし、彼の居場所がわかれば、彼を傷つけることなく動きを封じるのが、あなたの役目です」

「そんなところではないかと思っていましたよ」

梶本は苦笑した。

「やっていただけますか」

「傷害の共犯にさえならなければ――」

「努力しましょう」

「その腕では無理だ、と思いたいが、あのときあなたは同じように体中痛められながらもジョー・カセムを追った。それを覚えています」

ジョー・カセムというのが、留学生の名だった。

「『義人塾』はどこにあるのですか?」

「今、向かっているところです」

梶本はにやりと笑った。そして、運転席と助手席の間に取りつけられた自動車電話を取り上げると、指令を下し始めた。

「十五分だけ待って下さい」

築地に近い、古ビルの前にベンツが停車すると梶本はいった。峰を上衣から取り出して、落ちついた仕草で火をつけた。

「三杉純一の目的が想像できますか?」

「いや」

僕は彼の問に首を振った。

「今夜、特別機が羽田に到着します。東側の大物を乗せて。彼らは二日程、お忍びで東京滞在するのです。アメリカに向かうトランジットを兼ねて、外務大臣と会う予定です」

「新聞には出ていませんね」

「報道されない事実もありますよ」

「彼がその人物を狙《ねら》うと……？」

「わかりません。あるいは汚職容疑が問題化している与党の代議士かもしれない。彼らは開き直りすぎている」

「あんな連中でも傷つければ罪になりますからね」

僕は答えて、純一の爽やかな笑顔を思い浮かべた、彼はいった。

『僕には信念があるんです』

自分の行動を正義と信じて、小汚ない政治家を殺す気なのだろうか。釣りあわない
――彼の若さとはどうしても釣りあわぬ対象だ。

「おそらく、代議士の方でしょう。三杉純一が良心の呵責《かしやく》なく襲えるとすれば」

梶本は僕を見つめた。

「彼をよく知っているのですね」

僕は首を振った。

「いいえ、一度しか会っていません。しかし、彼を嫌いじゃない。単純な人殺しと思い

たくない」

「姉の方には監視をつけておきました。もし彼が接触をはかればすぐにわかるはずです」

いい終えると梶本は腕時計に目を落とした。口元がほころぶ。

「さあ、行きましょう」

運転手をそこに残して、僕と梶本は車を降りたった。ビルの入口に、さりげなく立って話をかわしていたビジネスマン風の男たちが、我々を見てかすかに頷《うなず》いた。

梶本は歩み寄って訊《たず》ねた。

「裏は？」

「かためました。六人配置しています」

「抵抗があるかもしれん」

男は無表情に頷いた。

「拳銃を持たせてあります」

「よし。ではバックアップしてくれ。このまま行くぞ」

建てられてから三十年は経過していそうな造りのビルだった。三階建てで砂岩色の壁はところどころ傷んでいる。

せまいガラス扉をくぐると、四人は踊り場に立った。

「中には大していません。四〜五人でしょう」

「一気に制圧する」

男の言葉に梶本は低く答えると、階段を上がった。すりガラスをはめこんだ扉が二階の踊り場にあり、「義人塾」と墨で書かれた看板が下がっていた。

下にいた男のひとりがガラス扉をノックし、内側から開いたのを押し倒すようにして、我々は突入した。

「全員、そのまま動くんじゃない」

梶本が命令し、ふたりの部下が拳銃を抜いた。「義人塾」の中は小さな事務所といった感じで、三人の男が凍りついたようにスティールデスクにかけていた。入口の壁際には、上っぱりを着た四十代のおばさんが恐怖に目を丸くして立ちすくんでいる。

僕は後から入ると、男たちを見渡した。知った顔はなかった。二十代、三十代、どの顔も驚きからさめ、落ちついている。

梶本は中を見回した。地図、ロッカー、書棚、彼の注意を惹《ひ》くものはなかったようだ。

奥の扉に目をとめた。

「開けろ」

近くのデスクにすわる男に彼は命じた。男が立ち上がるより早く、その扉が内側から開いた。

「何事だ」

髪を短く刈った四十代のがっちりした男が姿を現わした。拳銃を持った内閣調査室の男たちと梶本に目をやり、僕に視線を移すと、顎《あご》の筋肉に力をこめた。

僕は待たなかった。二歩踏み出すと、その男の胃を蹴り上げた。

男は呻《うめ》いて、背中を壁に叩《たた》きつけた。事務所の中にいた男たちが腰をうかせたが、無表情な銃口に牽制《けんせい》される。

かがみこみ、胃をつかみながら男は僕をにらみつけた。絞り出すような声音でいう。

「貴、様……」

その口を蹴った。裂けた口から血しぶきと折れた歯が飛んだ。

「三杉純一はどこにいる?」

梶本が冷たく訊ねた。

「貴様ら、いったい何者だ」

「訊かれたことに答えろ」

男は首をひねった。ふてくされたように横を向く。

「知らんな」

「よかろう。東野照臣はどこだ」

「塾長の居場所は我々の知るところではない」

「どうする、佐久間君」

「両手両脚を叩き折りましょう。喋《しゃべ》ってくれなければ」

僕は男の目から視線を外さずに答えた。恐怖の色が見えた。

「警察じゃないな、貴様ら」

「薬物も持っては、きている。ただしその場合、この男を廃人にしてしまうかもしれない」

「どっちが良い？」

僕は訊ねた。

「脅しても無駄だ。我々は何も知らん」

「何も知らない人間が、夜道で待ち伏せをするのか」

僕は踏み出すと、投げ出されている男の脚に爪先《つまさき》をのせた。男は目を瞠いた。

「こいつを止めろ」

「放っておけ」

梶本が部下にいった。僕は梶本の視線を背中に感じていた。

「どうなんだ」

爪先に体重をかけた。男の足首が固い床に押しつけられ、きしむのが伝わった。

「……箱根だ。塾長は箱根の別宅におられる」

「地図を書いてもらおうか」

梶本が紙を投げた。

7

老人は床の間を背にして端坐《たんざ》していた。和服の袖を胸の前で交差させ、目を閉じている。総髪も長い顎《あご》ヒゲも銀色だった。

開け放たれた窓辺から虫の鳴き声が入りこんでいる。深夜にさしかかろうとしていた。

僕と梶本が老人と対峙《たいじ》してから三時間が過ぎている。

「東野さん、あなたの計画は頓挫《とんざ》したのだ。潔くされてはいかがです」

黒檀の茶卓に並べられた茶碗《ちゃわん》に手をのばして、梶本がいった。

老人は無言だった。

「あなたの標的が何者であったか知らないが、三杉純一の名がこちらの手に入った以上、成功する望みは万にひとつもないのです」

箱根の東野照臣の屋敷は、湯本に近い山中で、敷地面積が二千坪はあろうかという代物だった。

東野照臣は咳《せき》をひとつした。

「成功するかどうかが問題なのではない。意志が天に伝わるか、実行動を敢《あ》えて起こす勇気を持った者が世に現われるかどうか。続く者たちに大いなる檄《げき》となるべき行為なのだ」

しわがれた声でいった。

「演説はおやめなさい。時間の無駄です」

梶本の冷ややかな言葉に、老人は目を開いた。濁った目に怒りがあった。

「貴様――」

僕はいった。

「人を殺すのなら自分でおやりなさい。純粋な若者を煽動《せんどう》して殺人者に仕立てあげようとするのは、最も卑怯《ひきょう》な手段です」

「この若僧は何者だ」

東野は僕を無視して、梶本に訊ねた。

「御自分で訊ねられてはいかがです。彼の喋る言葉があなたに理解できないとは思えませんが……?」

老人はいまいましそうに僕を見やった。

「失踪人を捜すのを仕事にしている探偵の端くれですよ。この裂けた唇と折れた腕は、あなたの部下の今井《いまい》という男にやられたものです。御存知でしたか」

老人の表情がわずかに動いた。

「儂《わし》は知らん。純一の姉が愚かな振舞いをせぬよう監視を命じた覚えはあるが」

「僕は、純一君の復帰を願う草野球のチームに依頼を受けて、彼を捜していたのです。もし、あなたの部下が馬鹿な真似をしなければ、ここに来ることなど永久になかったでしょうね」

「愚か者が」

老人は吐き捨てた。

「純一君は良い若者だ。あなたの偏った思想の犠牲者になったとしても、まだこれからいくらでも若者としての生き方を選べるんです。歴史を変えたいのなら自分でやることですね。おそらくあなたが変えられる歴史など、ほんのちっぽけなものにすぎないだろうが」

見る見る老人の面が朱《あけ》に染まった。

「無礼者め、儂を、儂を何だと――」

「愚かな年寄りです。ウジ虫のような政治家と前途ある若者の人生を引き換えようとするなど、愚か者のすることだ」

東野照臣は片膝を立てた。今にも摑《つか》みかからん勢いだった。

瞠いた目で僕をにらみつけ、血管のういた拳が白くなるまで握りしめられた。

不意に彼の体から力が抜け、彼は喘《あえ》ぐように大きな息をついた。口元がゆっくりとゆがみ、それが笑いだと気づいた。

「見どころのある若僧だ。根性を持っとる。確かに、お前のいう通りかもしれん」

「純一君の居場所を教えてもらいましょう」

梶本がいった。

「成城《せいじょう》だ。儂の用意したアジトにおるわ。儂の指令を待っておる」

「連絡はつくのですね」

頷いた。

「案内していただきましょう」

「よかろう。待機しておるはずだ」

老人はつぶやくように答えた。

グラウンドでは、照りつける熱をものともせず、男たちが投げ、打ち、走り、叫んでいる。とりどりの体型、年齢の選手たち、応援する家族。

城西ファイアーズは健闘していた。一点を許しただけで、五回に持ちこんだ。

おりしも彼らの攻撃が終わり、守備につこうとしている。だが、マウンドに三杉純一の姿はない。

僕はエンジンをかけたままの車から試合の進行を見つめていた。停止した状態ではエアコンもあまりきかず、車内はむし暑い。

純一は二度とマウンドに立たない。中野と彼のチームは三杉純一が自殺した記事を新聞で読んだはずだ。その動機までは知らない。

老人の駒《こま》にされ、しかし駒として己れの肉体を賭《か》けてきた若者が、目的を失い死を選んだとは知らないのだ。知っているのは、彼の姉と、東野照臣、梶本ぐらいのものだ。そして僕。

僕が彼の目的を奪ったのだ。ランナーは二度と走らず、球も投げない。

グラウンドで喚声《かんせい》が上がった。相手チームにホームランが出たようだ。ゆっくりとダイヤモンドを回る、嬉《うれ》しげな選手の姿が見えた。

やはり城西ファイアーズが勝つことは不可能だった。

左手でシフトをドライブにおろし、サイドブレーキを外した。この腕では、海で泳ぐことはできない。海のない夏なんて、夏じゃない。ただ暑く、つらいだけの季節だ。

アクセルを踏みこんだ。一メートルでも、一歩でも、この暑く、苦い夏から遠ざかりたかった。

スターダスト

1

「あなたを知っています」

僕は依頼人にいった。彼女は早川法律事務所の、さして豪華ではない応接間で、皮張りのソファに腰かけている。

心もち傾けた首、均整のとれた肢体《したい》はグレイのブレザーと濃紺のスカート、白い純絹のブラウスで包まれていた。

「まだ日本人の八十パーセントはあなたを覚えているでしょう。その三分の一はあなたのファンにちがいない」

心もち開いた唇《くちびる》に笑みが宿り、すき通る白い肌とは対照的に黒い、輝く瞳《ひとみ》に僕が映っている。瞳に暖かな光が満ち、これで何百回目か、僕を魅了した。

「あなたもその三分の一、かしら。佐久間、さん」

「良いファンではありませんでした。幾つかのひどい――これはあなたの責任ではありませんよ、あなたの相手をつとめた図体だけの大根のせいです――ひどい映画は見ていません。あなたの歌ったヒット曲の名をすべていうことはできないかもしれない、それに一番気に入っている歌だって、空《そら》では歌えない」

彼女は笑い出した。屈託のない、聞く者によっては上品とは感じない笑い声だった。すくなくともスクリーンやブラウン管でその笑い声を聞いた者はいないだろう。

「彼のことをそんなふうにいうなんて、ひどいわ。でもそういったのはあなたが初めてではないのも確かよ」

「僕だけの好みをいわせてもらえば、あなたは一度、ピーター・オトゥールと共演すべきだった」

彼女は微笑した。

「インポッシブル・ドリーム《見果てぬ夢》ね。それに親子ほど年がちがうわ」

「それももうかなわない」

「その通り。私は引退したし、二カ月先にはある人と結婚するのよ」

「知っています。月に一度、ふた目と見られぬカーラー頭をさらしにゆく美容院では、拷問の間、女性週刊誌に救いを求めるんです」

彼女は僕の頭を見つめた。

「性格と同じで毛が素直すぎるんです。ヘアドライヤーをいくらかけても三十分後はふわふわになってしまう。パーマをかけなくては一日一時間、バスルームに閉じこもっていなくちゃならない——十五分ずつ四回に分けて」

彼女は首を振った。

「失礼に聞こえたら御免なさい。あなたが探偵だなんて信じられないわ」

「僕の前にあなたがいるのは、もっと信じられない」

彼女の出発は十代だった。ひと山幾らのかわいこちゃん歌手から出発し、やがて歌唱力で他を圧すると、大人の歌に転向した。ファンはじゃりガキ共から男達にも広がり、演技の才能をもって、芸能界の内部にまでその数を増やした。三年前に、歌手を引退し、女優一本に的を絞った。そして監督達は、彼女を争った。一カ月前の突然の引退宣言まで。

引退を記念して、彼女は一枚だけレコードを出した。その曲は今でもヒットチャートに残っている。

コンサートは行われなかった。事実上、彼女は歌手ではなくなっていたからだった。歌謡番組にも登場することはなく、ただ一枚のレコードを売りまくっただけだ。それは彼女自身が作詩作曲したものだ。

彼女は今、二十六歳になっている。公称では。そして誰にも束縛されない、ひとりの自由な女だ。芸名も捨て、僕に名乗ったのは小沼《こぬま》礼子《れいこ》というありきたりの本名だった。

「世間では色々といわれているようですが、僕はあなたがひとりになるために引退したと思っている。決してふたりになるためではない、と」

「その通りです」

礼子は真面目な表情になっていた。

「結婚するために引退したのじゃないわ。私は充分働いたし、そういう意味で長い休養をとる時期だと思ったんです。転職を含めて」

「でも次の職業を『とらばーゆ』で見つけたとは思えない」

「もちろん、ちがうわ。ひとつのきっかけ。タイミングとフィーリングが合ったの、月並みだけど」

充分である。東北の田舎町から上京した少女には、帰るべき満足な家庭も残ってはいない。しかし、与党のプリンスと呼ばれている若い代議士は、名門の家柄に彼女を迎え入れることを約束した。

次の彼女の職は主婦だ。政治家の妻。

「私は普通の女の人とは全くちがう人生を歩きました。これからも多分、ちがうでしょう。そしてそのことを誇るつもりも卑下するつもりもないわ。お上品ぶるのは決して上手ではないけれど、育ちのハンディや過去を売り物にする気もありません」

「わかりました」

「なぜ、こんなことをいったかを説明します。お願いする件に関わっているから」

彼女は息を吸いこんだ。目は僕を離れて、応接間の壁を見ていた。あるいはそこにはないものを。

彼女の依頼は極秘裡《り》に、彼女がいたプロダクションの社長を経て、早川法律事務所の社長、早川弁護士にもたらされた。ドル箱を手離す芸能プロとスターは本来、仲をたがえるものだが、そこの社長は彼女を通して政界へのパイプを摑《つか》んだ。さほど損な取引ではなかったようだ。

早川弁護士は充分な便宜を約束した。そして失踪人《しっそうにん》調査の専門家を彼女に紹介することにしたのだ。

「私の両親は私が七つの時に離婚しました。私はすぐ親戚に預けられ、中学を卒業するまで岩手で育ちました。中学を卒業してすぐ私は東京に出て就職しました。二年して歌手になるきっかけを摑み、あとは御存知の通りです。歌手になって三年目、二十《はたち》の時に母を田舎から呼びよせ、二週間前まで一緒に暮らしてきました。二週間前、母は膵臓《すいぞう》ガンで亡くなりました。これで一切私には肉親はいなくなる――死ぬ半年前にお医者さまから母の病気のことを聞かされたとき、私はそう思いました」

彼女は膝《ひざ》の上のバッグからセーラムライトを取り出すと、こぶりのダンヒルで火をつけた。感情を殺した喋《しゃべ》りを一呼吸おくと、ふっと煙を吐き出す。

「ですが、そうではありませんでした。私に腹ちがいの妹がいたのです。蒸発同様に行方知れずになっていた父が、母と別れた二年後に子供をもうけていたことを母は風の便りに聞いていました。父はその後すぐ亡くなり、その子がどうなってしまったのかはわかりませんでした。そして、スキャンダルを恐れた母は私にずっとそのことを黙っていました。

亡くなる二カ月前、私は引退するつもりだということを母に初めて話しました。そのとき、母が妹のことを教えてくれたのです。驚いた、けれども嬉しかった。彼女に会いたいと思いました――妹なのだそうです。過密スケジュールでどうにもならなかった上に、私はマスコミに妹のことを発表する気持もありませんでした。自由になってから、彼女を捜そうと決めたんです」

「わかります」

「ですが、手がかりはまったくありませんでした。父は、妹を産んだ女性とは結婚をしていなかったのです。ですから、母も、ひょっとしたら噂《うわさ》だけで、本当はそんな子はいないのかもしれないといっていました。もしいたら、私が芸能界にいる間、名乗り出ていたはずだ、と」

「しかし当人は知らないのかもしれませんね」

礼子は頷《うなず》いた。

「そうも思いました。父の名は和泉圭二《いずみけいじ》といいます。ですからその子が見つかるとしたら、父親を和泉圭二と知っている人だと……」

「なるほど」

「プロダクションの若い人が、岩手へ興行に行ったとき、実は調べてくれたんです。ですが、父、和泉圭二の籍には妹の名も、妹を産んだという女性の名前も記載されていませんでした」

「少し難しいですね、そうなると」

少しどころではなかった。だが彼女に易々と弱音を吐く男だとは思われたくなかった。

「ええ。ところが、つい最近、ひょっとしたらと思うことがあったんです」

「……？」

礼子はこわきに置いた茶封筒を取り上げた。大判の雑誌を入れる大きさである。

「これを見て下さい」

さし出された封筒の中味を僕は抜き出した。表情を変えずにいるのは難しかった。

それはビニール本、いわゆるウラ本と呼ばれる、ハードなポルノ写真集だった。

全部のページをめくった上で、僕は封筒に戻した。非常な重みをもったように、写真集は僕の下半身にこたえた。モデルは、目の前にいる彼女に驚くほど似ていた。断じて首のすげかえではない証拠は、モデルの女性が作った愉悦の表情と首の角度でわかった。彼女の体内に色々な器具が差し込まれている。

「似ているでしょう」

「こうして目の前にいても、あなただと思えそうです」

「正直な人ね」

赤くなりもせずに、彼女は僕をにらんだ。

「単に私に似ているだけじゃないんです。耳やおへその形が私にそっくりです。それと爪《つめ》――」

礼子は手をさし出した。

「私の爪は両端が反るような珍しい形をしているんです。子供の頃、母親が爪を切ってくれながら、父親の爪にそっくりだといったのを覚えています。この人の爪も、そうなんです、両側が反った独特の形をしています」

モデルのヘアスタイルやメイクアップは、あきらかに女優時代の礼子を意識したものだ。ビニール本自体にも、彼女の芸名をはっきりとうたってある。

「たくさん出回っているんですか」

「いいえ。大変な高値で、少ししか売られていないそうです。私の写真集として」

僕は溜息《ためいき》をついた。

「参ったな」

「これは新宿の歌舞伎町《かぶきちょう》のそういうお店で売られていたものを、プロダクションの人が手に入れたんです。今では噂になり始めているそうです」

「この写真集のモデルが、妹さんかもしれないと思うんですね」

「まちがっていないと思っています」

「しかし、どうしてこんなことを」

「わかりません。私を姉と知っているならば、私に対してよい気持を持っていないのかもしれません。知らなければ、単にモデルとして……」

こういったウラ本はほとんど、暴力団によって作られている。下火になったとはいえ、資金源としては、小さくない仕事のはずだ。

「もし知っていて、やっているとしたら、あなたはどうするつもりです」

「どうも。彼女の自由です。ただ会って話してみたいのです。彼女にその気持があるなら、今の仕事をやめて、私の家族になってもらいたいと思います」

礼子はきっぱりといった。

「私は今、本当の自由を手に入れたんです。そして、それを分かちあう人がひとりもいない。芸能界は友達を作ってくれなかった。いたのは、敵か、さもなければ味方じゃない人。血を分けた肉親に傍にいて欲しいんです」

彼女は二カ月もすれば、生涯の伴侶《はんりよ》を得るはずである。だがそれについては触れなかった。

結婚が彼女に何をもたらそうと、僕の知ったことではないのだろう。事実、スクリーンを去っても尚、彼女の在るところは、僕の世界ではない。

彼女は電話番号を残して、僕の前から消えた。ただ、彼女が記した七桁の数字は、彼女自身が僕自身に宛《あ》てたものだ。それだけは、確かに僕と彼女を繋《つな》いでいる。

大事に胸におさめると、僕は街に出て行った。

2

「センターポケットだ。九番」

沢辺はいって、キューをつき出した。白球はツウ・クッションすると九番ボールをなめ、穴の中へ押しやった。

「不思議だよな。コウが俺に何かを訊《き》きに来るときは必ず俺が勝つことになってる」

「だからって、負け分を請求書につけてるわけじゃないんだぜ」

「すりゃいいじゃないか。情報提供費ってのはどうだ。警察権力だって予算に計上する時代だぜ」

「良心的な探偵なんだ」

沢辺にキューと一万円札を手渡して答えた。

「アホなんだ」

沢辺は受付の女の子に片目をつぶって見せた。恥ずかしそうに微笑《ほほえ》み返したところを見ると、この卑劣漢の手は終夜営業の玉突き屋「R」に及んでいるらしい。

一階に降りるエレベーターの中でふたりきりになると沢辺は呟《つぶや》いた。

「佳い女だったな。それにあの世界にいるには性格がマトモすぎた」

「知っているのか」

「二度ほど会ったことがある。苦労がいい意味で実になってるって印象だったが、いかんせん取り巻きがどうしようもなかった。足を洗って正解だろう」

身長一八五センチ、体重八十キロの、腕も頭もたつ「六本木の帝王」のお言葉だ。信ずる他はない。

関西の大物の御落胤《ごらくいん》で、広尾の洒落《しゃれ》たマンションでは常時、夜長を愉《たの》しむ相手が待っている。

路上駐車された彼の愛車、バラクーダ・クーダの中で写真集を見せた。

「知ってるよ。そっくりなんだよな。で、どうしたいんだ」

「モデルを知るには出所を洗うしかないだろう」

「連中はたいてい、中、小の印刷屋を使っている。相場は普通料金の四倍。前金を倍払っておいて、夜中にトラックで取りに来るんだ。俺の知ってる印刷工でこいつのおかげで不能になったのがいるよ、見飽きたんだな」

「どこで作ったと思う」

「そこまではちとわからんな。いいさ、教えてくれる奴がいる」

沢辺はエンジンを始動した。腹の底まで響く音をたててバラクーダは車体をゆすった。

「年甲斐もなく、いつまでも乗る車じゃないな」

いってやると、沢辺は悲しそうに溜息をついた。

「その通りさ。この間も交機の奴が、『兄貴が弟の車で悪さしちゃ駄目だろう』っって切符きりやがった。今、ロールスかメルセデスの出物がないか、捜させているんだ」

「そんな代物に乗ってみろ、縁を切らせてもらうぜ」

沢辺は肩をすくめた。

「もともと身分がちがうんだ。平民よ、かなわぬ恋とあきらめてくれ」

「悪いが俺は面喰《めんく》いだ。それに毛深いのも好きじゃない」

「この野郎」

「これは今、一番のベストセラーでっせ。仰山《ぎようさん》注文来とりますけど、どういうわけか版元はこれ以上刷るつもりはないちゅう話ですわ」

分厚い眼鏡によれたプルオーヴァーを着たおっさんはいった。渋谷道玄坂《どうげんざか》に近い、ビニール本ショップの親父《おやじ》である。

沢辺を「坊《ぼん》さん」と呼んで迎え、小さい店の奥に案内した。客からは見えない六畳間はえらく品の良い内装で、壁にはセザンヌの小さな模写がかかっている。

「酒がよろしゅうおますか、それともコーヒー？」

気を遣って親父は訊《たず》ねた。ズラッと並んだ金歯が妙に愛敬のある顔をつくっている。六十はとうに越しているだろう。頭には毛が一本もない。

「どうする」

「コーヒーで結構」

「ワインはどうでっか」

「こいつは縁なき衆生だよ、そういう高雅な趣味には」

「さよでっか」

沢辺の言葉におっさんは不承不承といった様子で奥に、コーヒーみっつ、と怒鳴った。

「で、版元はどこですか」

おっさんは沢辺の顔をうかがった。

「大丈夫だ、北野《きたの》さん、こいつは信用できる」

「新宿に木村《きむら》一家ってのがおまっしゃろ。そこの若頭《わかがしら》をやっとった黒江《くろえ》という男が仕切っとるんですわ」

「木村一家って、鯉城《りじょう》会系の？」

沢辺の質問に親父は頷《うなず》いた。

「まったく最近の組は競走馬なみですわ。何とか組系、何とか会とか。血統がうるそうて……」

「黒江というのはどんな男です」

「よう頭の切れる、キザな男ですわ。脚を以前、撃たれたか、刺されたとかで、左脚をひきずって歩きますわ」

「幾つぐらいですか」

「三十六、七、ぐらいですか」

「どこに行けば会えると思う？」

僕は沢辺に訊ねた。

「事が事だけに正攻法は使えねえな。そいつの住居がわかるといいんだが」

「あ、わかりまっせ」

おっさんが眼を輝かせた。

「うちに出入りしとる若い客が以前、自分のアパートの近くで、この本のモデルと一緒にマンションに入ってゆくところを偶然見かけたんですわ。ほんま、女優のあの子にそっくりやったいうてました」

「どこですか」

「目白ですわ。おっきな教会がありまっしゃろ」

「東京カテドラル？」

「そうそう。あの近くの首都高に並んだ白いでっかいマンションだいうてました」

「おもしろいおっさんだろう」

ビニール本ショップを出ると沢辺がいった。

「大阪でつながってるのか」

「そんなもんだ。前にでかい画廊をやっていたんだ。今は息子《むすこ》が跡をついでる」

「そういえばセザンヌの模写がかかってたな」

「あれは本物さ。道楽でビニ本屋をやってるんだ。大阪じゃ万一、本業の客と出くわすとマズいっていうんでな。わざわざ東京で店を出したのさ」

「大した隠居のしかたもあるもんだな」

「お前の車まで乗せていってやるよ。あとは頑張れよ。足を洗ったといっても、もとがもとだ、下手するとヤバいぜ」

「わかってるさ」

お守《まも》りは、胸の電話番号だ。誰もが知っているわけではない、電話帳にもない七桁の数字。

そっと上着の上から触ってみた。紙きれは紙きれ、何の感触も返ってはこなかった。

3

それだけの人気商品にもかかわらず、黒江という版元が、ポルノ写真集を量産しないのは不思議なことだった。値が吊《つ》り上がるのを待って、一気に放出するつもりなのか。

道玄坂のビニ本ショップの親父が教えてくれたマンションは難なく見つかった。あたりで最も大きく、洒落《しゃれ》た構えをしている。

駐車場は附属していないようだ。住人は近くの月極を借りるか、路上駐車している。

縦列駐車の中に割りこむと、途中で買ったハンバーガーに手をのばした。

これから、調査の仕事で最も長い枠を占める、忍耐の始まりだ。

時刻は午後十時を回った頃合い。夕方降った雨がアスファルトにまだ染みを残している。

エンジンを止め、じっとしていると冷気を感じた。

冬が駆けてくる。

膝にこぼれたピクルスをつまみあげ、薄いコーヒーで喉《のど》に流しこんだ。

地球は氷河期に近づき、佐久間公も熱い日々から遠ざかろうとしている。止める手だてはない。時間の流れを裏切ってやろうとするなら、命を断つしかないのだ。

ふたつのチーズバーガーを食べ終え、空のコーヒーカップを袋に放りこむと、カセットのスイッチを入れた。

孤独なディナーのあとはコンサートタイムだ。キース・ジャレットの静けさの方が、ヴァン・ヘイレンの賑《にぎ》やかさより消化にはいいだろう。ヘヴィ・メタル・ロックは明い間に聞くものだ。夜昼構わず、ソリッドギターのサウンドを楽しんだ時代は、遥か彼方《かなた》に去っている。

さらばジミ・ヘンドリックス。

俺《おれ》たちはあんたを忘れたわけじゃない。けれど少し、しんどくなったんだ。

午前一時、白塗りのアメ車、クーガがゆったりと舗道との間隔をとって停車した。僕の車の前方十メートル、マンションの入口前だ。

ドアが二枚開き、グレイのスーツを着た痩《や》せぎすの男と、黒のハーレムパンツをはいた若い女が降りたった。ヘアスタイルを変えているが、すぐにわかる。しかし、写真集ほど礼子に似てはいなかった。町で会ったとしても、本物とは思わないだろう。写真では、メイクとヘアスタイルを似せ、尚かつアングルでそれらしく見えるよう工夫をしていた。

大当たりだ。まさか黒江が今夜、彼女を連れているとは思わなかった。

男が黒江であることは、教えられた歩き方でわかった。顎《あご》を強くかみしめ、夜空にたった一本で立っている鉄塔のように冷たい横顔を見せている。

ふたりは言葉も交わさず、マンションの入口に昇っていった。それを見届け、僕は車を降りた。

間《ま》のとり方は経験でつかんでいる。

ロビーに入ると、昇っていくエレベーターの行先を追った。七階で止まり、途中どこにも寄らず下降してくる。

レッスンワンは終了だ。次は、彼女が出てくるか、黒江が出かけるのを待つ他ない。

もしふたりで出かけるようならば尾行する。

モデルをやった娘の住所をつきとめるまではりつくつもりだった。彼らが一緒に暮しているのなら、その時はその時だ。

午前四時まで粘った。どうやら今夜はどこにも出かける気はないらしい。テープのライブラリイが底をついた。もう一度出直そう、ここで夜あかしは健康によくない。それにコーヒー以外の飲物を体が求めている。

午前十時に、同じ場所に戻った。クーガはまだ駐車されている。向かいのビルに喫茶店が開いていたのを幸い、そこで朝食を摂《と》りながら監視をつづけた。この業界の人間はあまり早起きをしないものだ。

喫茶店を引き揚げ、車の中で睡魔と戦っている午後一時、ようやく彼らは姿を現わした。

さっぱりした顔でマンションを出てきたふたりがクーガに乗り込む。僕は倒していたシートを起こすとハンドルを握った。

今日の黒江はベージュのスーツ、彼女はジーンズにフライトジャケットのようなジャンパーを着ている。ふたりは一緒に暮らしているようだ。

クーガが発進すると、充分な距離をおいて尾行を開始した。

明治通りを南下するつもりのようだ。眠気がとれ、ようやく運転に専念できるようになったところで、クーガは停止した。明治通りと表参道の交差点だった。彼女ひとりが車を降り、クーガは発進した。

僕は彼女の足どりを目で追いながら必死で縦列駐車のすき間を捜した。視界の隅に、ミニパトカーが巡回しているのが入っていたがそんなことに構っていられない。

罰金は依頼人に払ってもらうまでだ。

ようやく見つけた間隔に無理矢理車をねじりこむと、彼女を追うために飛び出した。

相手はウインドショッピングのつもりか、明治通りをパレフランスの方角に向かってぶらぶらと歩いている。パレフランスの中に入ったところで追いついた。

単なる失踪人調査とちがう点はこれからだ。彼女が礼子の妹であるかどうかを、確認しなくてはならない。

「失礼ですが……」

彼女は立ち止まって僕を振り返った。近くで見ると、目鼻立ちの特徴は確かによく似ている。だが、礼子とはちがう雰囲気があった。挑戦的で、硬い表情だ。

目は「ナメたら只《ただ》じゃおかないからね」といっている。そして、口元と眼尻《めじり》に疲れたような険があった。髪は思いきって短くしている。それでも彼女は美人だった。

「別にナンパしようというつもりはないんです。ある人にあなたのことを捜してくれるよう頼まれた法律事務所の者です」

「弁護士さんに用はないわよ」

そういう相手に名刺をさし出した。うけとらず、僕を見つめている。

「用があるのは、弁護士ではなくて、あなたのお姉さんかもしれないんです」

「お姉さん……?」

彼女の中で何かが反応を示したようだ。名刺を、どぎつい赤のマニキュアが施された指でつまんだ。

「立ち話は何だからお茶をつきあってもらえますか？」

顎《あご》をひき、彼女はわずかに頷《うなず》いた。

パレフランスの一階にある喫茶店にふたりで入った。席につくと、彼女はアイスココア、僕がアメリカンを頼んだ。

「あなたを捜していたのは、あなたの写真集を見たからなんです」

うつむいてポシェットから煙草を取り出そうとしていた彼女がさっと顔をあげた。僕をにらみすえたまま、煙草をくわえ火をつける。

「そう、それで声をかけたのね」

無表情にいった。眼にさげすんだような色が浮かんでいた。

「ちがいます。その写真集を見た人が、あなたを妹ではないかと考えているんです」

「誰？」

それにあっさり答えるのは利口とはいえない。

「それについてはゆっくり話させて下さい。失礼ですが東京の出身ですか」

「そんなことが関係あるの。あなたあたしをかついでいるのじゃないでしょうね。いっておくけどあたしをそこらのお姐《ねえ》ちゃんと一緒にすると、嫌というほど後悔するわよ」

僕は頷いた。

「知っていますよ。あなたには恐い彼氏がついている」

「そう。わかってるのならいいわ、覚悟しているのね」

「脅かさないで。腰が抜けたら担いでいってもらえますか」

鼻先に笑みを浮かべた。

「東北地方の出身ですか」

「そうよ。それがどうしたの、このあたりを歩いている田舎者の半分は東北出身だわ」

「お年は?」

二十六歳より年上だったら、失礼しました、お帰りはあちら、である。

「二十三」

ぶすっと答えて、彼女は煙を吹き上げた。

「お父さんのお名前を教えていただきたいのですが」

「ちょっと、いい加減にしてよ、そんなことにいちいち答えなきゃならない義務はないんだからね」

「和泉圭二さんとおっしゃいませんでしたか?」

「さあね、忘れちゃったわよ」

そっぽを向いて答えた。横顔に真剣な表情が刻まれている。

「名前を聞かせて下さい」

「あたしの姉貴ってのは一体誰なのよ、それをいったら……」

「小沼礼子という人です」

「知らないわね、そんな女。大体、あたしに姉妹《きょうだい》なんていないわ」

「腹ちがいのお姉さんかもしれないのです」

「当人を連れて来なさいよ。それじゃなきゃお話にならないわ。それともあたしがああいう仕事をやっているんで、コソコソ、探偵を使って嗅《か》ぎ回らせているわけ」

「そうじゃない。やたら人前に出づらい人なんだ」

言葉遣いを変えることにした。

「へえー、そんなお偉いさんなの」

「お偉いさんというわけじゃない。ただ、芸能界にいた人だから——」

煙草を唇から離して、僕の方に向き直った。

「心当たりがあるんですね」

「さ、あ、ね」

煙を吐くと立ち上がった。

「悪いけど、これで失礼するわ。あたしにつきまとわないでちょうだい。しつこくすると怪我するわよ、探偵のお兄さん」

テーブルに残されたまま、彼女を見送った。その背に声をかけた。

「当人を連れて来たら会ってもらえますか」

立ち止まり、ゆっくり振り向いた。

「いいわ。名刺の場所に電話するわよ。今夜」

驚いた。ウインクをしたのだ。

下手くそなウインクを返そうと思ったときには、彼女の姿は入口から消えていた。

4

滅多にすわることのない、自分のデスクに腰をかけ待っていた。直通電話は一本、すでに退社した調査二課長のデスクの上にのっている。

それをにらみつけ、煙草の袋から最後の一本を取り出した。自動販売機は、早川法律事務所のビルの一階にある。いつかは墜落するといわれている、旧式のエレベーターにのり往復する間、彼女は待ってくれるだろうか。

火をつけ、下に降りるのはあきらめることにした。幾つか並んでいる他のデスクのどれかに、誰かの買いおきが入っているだろう。

椅子を傾け、煙を吹き上げる。

時計をのぞき、灰を落とす。

煙草をひねり潰《つぶ》し、あくびを洩《も》らす。

午後八時半、電話が鳴った。

「そちらに佐久間さんて人いるかい」

かすれたような低音だった。キャリアも貫禄も充分だ。受話器に向かって最敬礼をし、両膝が震え出す。

「僕ですが」

「黒江というんだがね。あんたが昼間会った女の件で電話したんだ。あいつは今ちょっと忙しいらしくてね」

マニキュアの色を塗りかえることにしたのだろうか。

「わかります」

「結構ですよ」

「会えるかな、あんたと」

「よし、こっちは今、新宿だ。そちらは？」

「虎ノ門です」

「間をとって四谷じゃどうだい」

「どこで？」

「セイフーの二階の喫茶店は……?」

「こちらの方が少し時間がかかると思いますが――」

「待っている。俺はチェックのジャケットを着ているよ」

「わかりました」

切れた受話器をおろして、ポケットに煙草を捜した。そういえば、切らしたばかりだ。キイを取り上げ、エレベーターに乗りこんだ。一階に降りて知った。

僕の吸うマイルドセブンは、売り切れている。

黒江は何を話す気なのだろうか。脅しをかけるには手がこみすぎている。第一、そのつもりなら四谷ではなく、彼らのテリトリー、新宿に呼び出すはずだ。

四谷三丁目、自分のアパートのすぐ近くだ。車を停めると、階段を駆け昇った。一年半ほど前、この喫茶店で、少年の仕草に興味を感じたばかりに休暇をふいにしたことがある。かわりに殺人事件を拾い、警視総監殿に表彰された。殺人事件を拾ったことを、ではない。犯人を拾ったことでだ。

黒江は窓ごしに通りを流れる車を見つめていた。本当に興味を感じる対象であるかのように、しげしげと観察している。

左手に、黒くて細長い煙草をいぶらしていた。千鳥格子のジャケットに黒いスラックス。開いた黒いシャツの襟元《えりもと》からは金鎖がのぞいている。まったくぞくっとするファッションだ。

右目を窓から離し、僕を見上げた。

「佐久間さんかい」

「大分待たせましたか」

首を振り、煙草で向かいを指した。

「すわんな。話があるんだ」

「うかがいましょう」

ついでにアメリカンコーヒーとマイルドセブン一箱をいただくことにした。

「みゆきに姉さんがいるって？」

「まだ本当の姉妹かどうかはわかりません。何しろ、大変協力的なので」

黒江は冷たい笑みを見せた。煙草の煙が凍りそうだ。

「つっぱっているからな」

「彼女については良く御存知ですか」

「調べたんだろ、あいつの写真集を誰が作ったのか」

「単なる雇用関係ではない？」

「俺のマンションを昨夜、張ったのだろ」

「わかりました。彼女――みゆきさんとおっしゃるんですね。みゆきさんと依頼人が本当の姉妹かどうか、色々と確認したいことがあるんです」

「待ちな。そいつは筋が通らねえ。こちらが妹だと名乗りをあげたわけじゃねえんだ。それを、あんたが色々と調べ回るのはおかしかねえか。本当なら、その姉さんてのがで、ばって来て、教えてくれと頼むはずだ」

「わかっています」

「これは俺がいったとみゆきにいわれちゃ困るが、姉さんてのは、女優の××××じゃねえか」

黒江は礼子の芸名をいった。僕は表情を変えず、聞き流すことにした。

「みゆきさんがそうおっしゃったんですか」

「いいや」

ゆっくりと黒江は首をふった。そのまま、しばらく無言で僕を見つめていた。怒っているのか、探ろうとしているのか。

やがていった。

「みゆきは岩手から七年前に出てきた。歌と面《つら》だけが自慢の田舎娘だった。奴が何になりたくてこちらに来たか、あんたにも察しがつくだろう。だが、いっこうに芽が出ねえ。なぜだったと思う」

「……………」

「ガキの頃のみゆきは似すぎてたんだ。だから、どこの事務所も引きとろうとしなかった。一カ所だけ、そっくりさんタレントとしてなら、ってとこがあったそうだけどな。奴はそこの若い衆の横っ面をはりとばして飛び出した。マル走の仲間に入って、トルエンでパクられ、施設送りになった。その後はあんたにもわかるだろう。おきまりのパターンだよ。二年前、デート喫茶で働いているところを俺が拾い上げたというわけだ」

体をのり出し、黒江は一気に喋《しゃべ》った。

「なぜ僕にそれを話すんです？」

目を細め、僕をにらみすえた。煙いのか、数回しばたたくと、横を向き、自慢の横顔をたっぷりと見せてくれた。

「とりあえず、俺は足を洗った人間だ。だがな、友達はたくさんいる。あんたの名前、そのうちのひとりが知ってたぜ、ナメちゃあかんそうだ、とな」

「よろしく伝えて下さい、その人に」

「いいかい、佐久間さん。俺がみゆきを見せ物にしたくてビニ本のモデルをやらせたと思ってるんなら大ちがいだ。俺は一度だって、あいつにそんな恥さらしをやらせようと思ったことはないぜ。あいつは、今どきの女子大生みたいに、やれハワイ旅行だ、ヨーロッパだと、知らん顔の裏で荒稼ぎをするような、そんなはしっこい娘じゃねえんだ。何で、あのビニ本が売れてるのに、再版しねえと思う。俺がやらせねえんだ。どんなことがあっても、あれっきりだ。みゆきがやりたがんなきゃ最初からあんなもの作りゃしねえ」

歯の間から息を吐き出した。

「埼玉の阿呆《あほ》な印刷工が、売れゆきに目をつけて、海賊版を作ろうとしやがった。一昨日《おととい》、両手をへし折られたよ」

「どうすればいいんです」

僕は静かに訊《たず》ねた。黒江は答えず、新しい煙草に火をつけた。

「彼女は自分に妹がいるらしいという事実をつい最近まで知らなかった。それを知ってからは、どうしても会いたいと思うようになったんです。あの写真集を見てショックを受けたようですが、それよりもみゆきさんと自分が似ている点に希望を持った。たとえ、みゆきさんが妹だとしても、あれについてとやかくいう気はないんだ。ただ、肉親として傍にいてもらいたい、そう思っているだけなんですよ」

「わかんねえのかい。みゆきとあの女じゃちがいすぎるんだ。そのことはみゆきが一番よく知っている。ふたりともスターにあこがれて田舎からこの街に出てきた。そのあとがちがう、片や大スター、みゆきはビニ本のスターだぜ、今や。会って何になる。みゆきが惨めになるだけだ。もし本当の姉妹だったら尚更だろうが……」

この男の気持がわかった。十以上も年のちがう娘にいかれてしまったのだ。だから、何とかしようとしている。他の場面での彼は知らない、だが今の彼はお人好しのピエロだ。

「会わせるのに反対なんですね」

「みゆきが会いてえと思ったら会うだろう。あいつは殴ったって、いうことを聞くタマじゃない。俺は、あいつが笑い者にならねえようにしてやりたいんだ」

「マスコミの干渉はありませんよ。彼女は今や、普通の女性としての生活を望んでいるんです」

黒江は首を振った。

「信じられねえよ。あんた信じるかい。たとえあの女が本気でそう思っているとしても、周囲が放っておきゃしないさ」

ひと息ついていった。

「だがな、俺はあんたを信用するよ。もしみゆきが会うつもりなら、あんたを通じて、あの女に会わせる。そのとき、みゆきが万一、世の中の笑い者になるようなことがあったら俺はあんたに訊《き》くぜ。そいつは一体、誰の責任だ、ってな」

上着から紙片を取り出してテーブルに置いた。

「俺の部屋の電話番号だ。俺やあいつの回りを嗅ぎまわるかわりに、ここに電話しな。あいつか俺が出る。腹をきめて、してこいよ」

すっと立ち上がった。伝票をつかんでいる。

「あなたにとってはどうなんです、黒江さん。彼女は本当に妹だと思いますか」

「俺は知らねえ。そんなことは訊いたことがないんでな。みゆきはみゆきで、俺の女だよ。誰の姉妹《きょうだい》だろうと知ったことじゃない」

黒江は口を歪《ゆが》めていった。そして、一歩ごとに左肩を落として歩いてゆく。

その後ろ姿を見送ると、僕はぬるくなったコーヒーを飲み干した。

表の階段を下ってゆく彼の横顔が、また見えた。鉄塔はゆらいでいる。たった一本で立ち続ける寂しさがつらいのだろうか。

二枚になった七桁の番号札のひとつにダイヤルを合わせた。

「……はい」

電話で聞く礼子の声はどこか憂い気で沈んでいる。レコードでもテレビでも聞けない、別の魅力があった。

彼女に今までの経過を話した。何ひとつ、個人的な感想はまじえずに。

礼子は話し終えてからもしばらく無言だった。やがて小さな溜息をひとつついた。

「黒江という人がおそれたのも仕方ないわね。確かに私の回りはスパイだらけよ」

「どうします」

「会って相談することにしましょ。今はどちらに」

「自宅です」

「敬語を使わなくてもいいのよ。表で会うのも何だから、こちらに来ていただけます」

眉を吊《つ》り上げたのが、彼女に見えたようだ。低い声で笑った。

「表に出れば、誰かがついてくるわ、もしみゆきさんに会うなら、うまく記者の人たちの目をくらましてくれる人が必要なの」

「では会うつもりですね」

「できれば。それについて佐久間さんの意見を聞きたいわ」

「いいでしょう。扉の場所と呪文《じゅもん》の文句を教えて下さい」

5

「どこでも好きな場所にすわって」

V型に胸のあいたタオル地のトレーナーにコーデュロイのパンツを着けている。素足の爪はパールピンクに塗られていた。肩にかかる髪をかき上げると、漆黒の瞳《ひとみ》が僕に微笑《ほほえ》みかける。

彼女はひとりだった。

三田の広大な部屋にひとりで暮らしているのだ。門《かど》あさ美の歌が流れている。

少し寒そうだ。暖めて欲しがっている。

歌の文句を鵜《う》のみにして抱きよせたら、彼女は何というだろうか。

「すぐにわかった？　ここ……」

「ええ。一階で守衛さんがにらんでいたのでね。あなたの平和をかき乱そうとする熱狂的なファンだということがばれたらしい」

「いつもそんな喋《しゃべ》り方をするの？」

僕の前に腰をおろし、煙草を取り上げた。

「よほど気に入っているか、大嫌いな人のどちらかの前だけです」

「敬語は使わないでといったでしょ。何を飲むの」

「酔いつぶれてもよければビールを」

「まあ」

冷えたバドワイザーをセンターテーブルの上にのせた。

左側にはめ殺しの巨大な窓が、右側にオーディオと淡いランプの組みあわせたサイドボードがあった。

「乾杯」

グラスはなかった。茶色い小壜《こびん》をかちりと合わせて、彼女は白い歯を見せた。

「どうして探偵になったの」

「みゆきさんの話をするのだと思っていた」

「そうよ。これは前置き」

いって微笑した。

「仲の良い連中はマヌケと罵《ののし》ります。ガールフレンドはお人好しだと。自分では正義の味方のつもり」

「名案ね」

「どうしてスターになったんです」

「自分では何も作れなかったから。人に作られる方を選んだの」

「次の質問がはばかられる」

「結婚はしないの？」

「自信がない、生活ではなく性格に」

「相手を傷つけると思うわけ」

頷《うなず》いた。

「私でもするのよ」

「あなたは特別の女《ひと》だ」

「本当の私を知ってもそう思うかな」

「どれが本当かわからない」

「そうね」

しばらく黙ってビールを飲み、レコードを聞いていた。

「その人に会ったほうがいいと思う？」

「難しい質問だ。誰が満足するか、という問題がある」

「先ず私、それからその人」

「では会うべきでしょう。結果はどうあれ、ひとまずの満足をあなたは得る」

「その人を傷つけるのを、黒江さんという人は心配している？」

「惚《ほ》れているんです。あの業界の人間は惚れていても女を道具としか考えない。珍しいことだ」

「ある意味では幸せな人ね」

「当人はそう思っていないかもしれない」

「どうして？」

驚いたように訊ねた。

「彼女はスターになりたかった。しかしなれなかった。あなたに似すぎていたから」

真剣な表情で僕を見つめた。

「恨んでいるというの」

「多分。僕は女性でもないし、スターになりたいと思ったこともない。だから多分」

顔をそむけて夜景を見つめた。

「あたしはそれほど幸せかしら」

あなたじゃないからわからない、というのは間が抜けすぎている。黙っていた。

「僕は自分が何をすべきか、あるいは何ができるかわからなかった。で、この業界に入った。今は満足している。百パーセントではないにしろ。そして百パーセントはないかもしれないと考えている」

「あの世界ではね、何ができるように見えるかが大事なの。危険な目にあったことは？」

「平均的日本人より数回多く」

「どんな目、私が出た映画の探偵みたいな目？」

「これは何です？」

「これが本題よ」

溜息をついて答えた。

「爆弾をしかけられた。自動小銃で撃たれた。腕の骨を折られた。前歯の何本かは模造品が入っている」

身をのり出し、目を輝かせて聞いていた。彼女は対話を求め、ひとりではない時間を過したがっている。

「女性に誘惑されたことは？」

「残念ながら一度も」

それが何だというのだ。若者の失踪人調査専門の探偵には関係のない話だ。

「不思議だわ。魅力がない人には見えない。それどころか、まがいものなしの素敵な男よ」

「失敗した。仕事に関わる人の前では、本当の魅力を見せないようにしてきたのに」

「仕事に差しさわる？」

「油断してしまった」

「ビール、もう一本飲む？」

「本当に酔い潰れてしまう」

「泊まってゆけばいいわ。あなたの話をもっと聞けるもの」

冗談だと思った。それがわかったらしい。

「本気よ、もし私がその人を気にいって惹《ひ》かれたとしても、芸能界の外の人間は絶対に私を誘惑しないわ。芸能人は別。頭の中にはそのこととお金しか詰まっていないもの。だから私、気にいった人には、はっきりそういうの。でももしあなたが望まないのなら……」

「そうじゃない。けれどあなたがそういう考え方をしている限り、芸能界からは足を洗えない」

この言葉は彼女を突いたようだった。息を呑《の》んだ。

「あなたを好きだ。スクリーンやブラウン管の中のあなたが好きだった。あなたが女優でなければ、僕はあなたを見ることもなく、好きになることもなかっただろう。でも今のあなたは普通の女性になろうとしている。ちがいますか」

「嫌な人ね。あなたに何がわかるの」

「わからない。何も」

微笑した。

「いつか、私の大事な誰かが現われて、その人が居なくなったらまたあなたに頼むわよ」

笑い返した。

「しごく満足です。みゆきさんにはいつ会いますか」

「なるべく早くに。ひとつだけ聞かせて。あなたは彼女に会ったのでしょ、本当に私の妹だと思う?」

「かも知れない。けれども、あなたが事務所で僕にいったような、傍にいてもらえる肉親となるかどうかはわからない。二人とも出発は同じだった。しかし今がちがいすぎる」

「それは決して結果じゃないわ、あくまでも経過よ」

「その通り」

「だったら試すべきだと思うの」

僕は黒江の事を思った。クーガに乗った元やくざと、その若い情婦。もしみゆきが泊まっていけと僕にいったら何と答えたろう。

「あなたのいう通りです。あなたなら彼女が妹かどうかわかるだろう。そして――」

説得できるかもしれない。彼女は女優だったのだ。みゆきが負けた世界に勝負を挑み、勝った女だ、たとえ彼女が先で、みゆきが後だったにせよ、勝ちは勝ち、負けは負けだ。

「そして？」

「別に何でもない」

彼女に、君は勝者だといえば怒るだろう。単純に喜ぶような、そんな安物の自尊心の持主ではないはずだ。

「いってみれば」

「あなたは今の日本では一番高い女性だ、そう思ったんです」

何と答えて良いかわからないようだった。

彼女が今の言葉に真剣な怒りを覚えるようになったとき、彼女は唯《ただ》の女になる。

「時間が空いたら連絡を下さい。黒江に約束をしたんです。僕を通して、彼女に会わせると。彼かみゆきさんには、僕から連絡をとります」

「いいわ。多分二、三日のうちには」

礼子は立ち上がった。レコードは終わり、茶色い小壜も空になっていた。

出口まで送られるといった。

「これはつけ足しです。僕は今夜のことを一生後悔するでしょう」

「意地悪」

廊下に追い出された。

6

二日後、礼子から連絡を受けた僕は黒江のマンションに電話をかけた。黒江とみゆきの間では既に結着がついているようだった。

「あいつは会うそうだよ」

苦々しげに黒江は電話でいった。

「じゃあ妹だということを認めたんですね」

「そういうわけじゃねえ。ただ、会ってみるというんだ。俺には何も話さねえのさ」

「どこで会います」

「人目をはばかるってのなら中野にうちの現像所がある。そこでどうだい」

「あなたも来るのですか」

「いや、俺は行かねえ。みゆきはひとりで行くといっている。あの女にもひとりで来て欲しいそうだ」

嫌な予感がした。

「何かを企んでるのじゃないでしょうね」

「俺はみゆきの言葉をそっくり伝えてるだけだ。あんたが疑うのなら御破算にしてもいいぜ」

「彼女はどこに？」

「ここにいる。あんたと話すことは何もねえそうだ」

よほど嫌われたらしい。礼子が証明した僕の魅力を考えれば不思議なことだ。

「オーケイ、良いでしょう。彼女に話してみます。時間は？」

「それについちゃ妥協する。そちらの都合にあわせるぜ」

まるでみゆきのマネージャーのような口ぶりだった。

「わかりました。場所を教えて下さい」

「それは駄目だ。あの女に直接ここへ電話させてくれ。みゆきが話す」

お手上げだった。僕は電話を切ると、礼子にかけ直した。

「いいわ。私、会ってみます」

「お膳立《ぜんだ》てをしておいていうのは何ですが、いまひとつ、すっきりしない」

「どういうことかしら」

電話の向こうの礼子は落ちついていて、よそゆきの声だった。

「前にもいったように、みゆきさんがあなたの妹であるかどうかはともかく、彼女があなたに好感を抱いていない可能性は強いのです」

「でも会ってみなくては何もわからないわ。私なら本当のことを話してくれるかもしれない」

「だったら、密かに僕も同行させて下さい」

「あら」

楽しんでいるような声を彼女は出した。

「それは何？　失踪人調査士のアフター・サービス？　向こうは私にひとりで来るように望んでいるのでしょ」

「ダンボール箱にでも詰まって、トランクに乗って行きますよ。あなたの車の」

彼女がメルセデスのツウシーターに乗っていることを僕は知っていた。女性週刊誌が探偵稼業に貢献するよい証《あかし》だ。

「そこまでしなくとも」

心地よい笑い声を彼女は響かせた。

「わかったわ。私の車で待っていて下さるというのなら」

「対面の場を邪魔するつもりはありませんよ」

「感動の御対面ね。本当の姉妹なら」

恐怖の対面にならぬことを、こちらは祈っている。


黒江のいった現像所は、新宿と中野の区境に近く、神田川の川べりに建ったビルにあった。街中だが、繁華街というわけではない。

その日はひどく冷えこんだ。

毛皮を着るには早すぎるが、並みのコートでは保たない。

礼子はカシミヤのコートを助手席に置き、マドラスチェックのスカート、シルクのブラウス。ブーツなどという艶消《つやけ》しの代物ははいていない。ヒールの高いパンプスから光沢のあるストッキングに包まれたきれいな脚がのびている。

彼女のコートを膝にのせ、僕はその脚がきびきびとペダルを踏み分けるのに見とれていた。

新宿を抜けると、僕は体をかがめた。幸いなことに礼子のメルセデスには遮光シールが貼《は》られており、少し見たぐらいでは存在に気づかれずにすむ。

そのビルの近くに車を止めてもらうと、僕は先に降り立った。約束の時間より十五分近くも早い、午後四時四十分を回ったばかりだ。あたりは既に暗くなりかけている。ビルの二階にその現像所はあるのだが、今は分厚い黒いカーテンがおりていた。四階建ての雑居ビルで、一階には自転車屋がシャッターをおろしている。

礼子が指定したのは日曜日だったのだ。

僕は厚手のスイングトップの襟をたてて、一方通行の通りの向かいにあるパン屋の軒先に立った。

ビルの前を出入りする人間の動きが最もよくつかめる位置だ。

礼子には、何事もなくみゆきと話がすんだならば、そのまままっすぐ帰るよう、いってあった。話し合いがうまくいっても、万一最後に、みゆきが僕の姿を見れば、信用されなかったと思うかもしれない。

四時五十五分に、車高を落とした紫色のスカイラインがビルの前に止まった。運転しているのは、額に剃《そ》りを入れた若い兄《あん》ちゃんだ。助手席から降りたったみゆきに、弟分のように頭を下げている。

みゆきがビルの横手についた階段を昇ってゆくと、スカイラインは耳障りな排気音をたてて走り去った。そしてその直後、礼子のメルセデスが進入してくる。彼女には、あたりを一周して時間を潰《つぶ》すようにいってあったのだ。

自分の車と二台で来なかったことは正解だった。二階の窓からは、あたりの様子が一《いち》瞥《べつ》できる。

メルセデスが停車すると、二階のカーテンの裾《すそ》がちらりと動き、そこから黄色い光が洩《も》れた。その部屋がどのくらいの大きさかはわからないが、今の時点では確かにみゆきひとりのようだ。

礼子が車を降り、落ちついた足どりで階段を昇っていった。僕がどこかに張りこんでいるのは知っているだろうが、全く捜そうとしない。

こういったシーンには僕より慣れているようだ。

二階でドアが閉まる音が、かすかに聞こえ静かになった。

僕は腕時計をのぞいた。最低、一時間は覚悟しなくてはならない。パン屋の軒には、ホットドリンクを売る自動販売機があった。

寒さがつらくなったら、暖かく甘ったるいコーヒーに救いを求めよう。

十分と立たぬうちに、金属性の階段を、足音を響かせてみゆきがおりてきた。紺のスーツに、ボウのついた白いブラウスを着ている。地上に降りると、まっすぐに僕の方に歩いてきた。

礼子が話したのだろうか。まさかそんなはずはない。彼女は僕の隠れ場所まで知らない。

壁にぴたりとはりついた。もし見つけられれば今までの雰囲気はぶち壊しになる。みゆきが立ち止まったのは、自動販売機の前だった。硬貨を落としこみ、ボタンを押すと機械は唸《うな》って、缶を吐き出した。

僕は彼女が背を向けるのを息を殺して待った。

みゆきはもう一度硬貨を入れた。ふたつ目、感心なことにふたり分を買おうというのか。

それでもみゆきは立ち去らなかった。プルトップを引く、かすかな金属音が聞こえた。部屋まで待ちきれないほど喉《のど》が乾いているのだろうか。缶のひとつを地上におく、コトリという音が聞こえた。

何かをしている。それが何だか確かめる術がなかった。

やがてみゆきは歩き始めた。後ろ姿が、はりついた僕の視界に入り、階段を昇ってゆく。両手に缶を持っていた。

扉が閉まり、また静かになる。

待った。

一時間が過ぎた。誰も出てくる様子がない。僕の足元には、みゆきが買ったのと同じコーヒーの缶が置かれ、吸い殻がたまっている。通行人は少なく、僕の姿に注意を払う者はなかった。

姉妹であることを確認し、つもる話に花をさかせているのだろうか。外で待ち呆《ぼう》けをくらっているお人好しの探偵の存在を忘れて。

午後六時十八分、聞き覚えのある排気音を響かせて、スカイラインが現われた。メルセデスの隣に止まると、ライトを切る。

剃《そ》りこみの坊やがカメラバッグを手に降りたった。慣れたかつぎ方は、彼がその中味を常に使用していることを示している。カメラマンの若者が長髪だった時代は過ぎたようだ。あの若者の行く先は、はっきりしている。

現像所だ。ということは、彼と入れちがいにふたりは出てくるのか。

若者は階段を昇っていった。再びドアの閉まる音。

悪い予感があたりそうだ。六時三十分まで待って、もし誰も出てこないのなら、踏みこむことにしよう。僕は決心した。

みゆきが下を見おろしたときにできた、カーテンの切れ目を注視した。それはわずかなすき間で、無論、中をうかがい知るようなことはできない。

そのすき間が光った。

みゆきが礼子と記念写真を撮るために、あの若者を呼びよせたのではないことは確かだ。だが、あの部屋の中でフラッシュがたかれている。

現像所がどんな写真を現像するために使われていたのかを考えたとき、しまった、と思った。

「駄目——っ！　やめろよっ」

女の叫び声が聞こえ、カーテンがひどくゆれた。

「駄目だよっ馬鹿っ、あたしのいうことが……」

僕は駆け出した。階段を一気に昇ると、暗い廊下に出た。

四つのドアが並んでいる。

不意にドシンという音をたてて、そのうちの一枚がゆれた。そのドアに飛びついた。

「開けろっ」

ノブをつかんでゆする。木製のドアには鍵がかかっていた。そのやわなドアの錠前の部分を思いきり蹴った。もう一度、蹴る。

いつのまにか、部屋の中は静かになっていた。ビルは無人なのか、誰もやってこない。

三度目にドアは開いた。

つんのめるようにして踏みこむと、中の光景に息を飲んだ。

正面にソファベッドがあり、そこに礼子が横たわっていた。何ひとつ、身につけてはいない。傘型のストロボ装置と、三脚にのったカメラが立っている。

そのわきに、若者がひっくり返り、茶色い小壜の破片がちらばっている。センターテーブルに二本の缶がのっているが、どれも横たおしになっている。そのあたり一面に、とび散った茶色い破片が光っていた。

若者は下半身がむき出しだった。頭が血まみれで低い呻《うめ》き声を上げている。

みゆきが立ちすくんで、僕を見つめていた。右手に、折れたビール壜の首をつかんでいる。そのせいで指が切れ、血が滴っているのも気づかないようだ。

「馬鹿っ」

いきなり、その首を僕に投げつけた。危ないところでかわすと、廊下で砕けた。次の瞬間、体当たりをするように僕をつきとばして駆け出した。センターテーブルから車のキイを拾ってゆく。

何が起きたかは明らかだった。礼子を犯そうとした若者を、みゆきがビール壜で殴ったのだ。

若者の呻き声が断続的になっている。

地上でスカイラインのエンジン音が、甲高く響いた。鋭いスキッド音をたてて発進した。

僕は窓辺にかけよると、カーテンをむしった。スカイラインは激しいスピードで、一方通行を無燈火で逆走してゆく。

不意に、丸いブレーキランプが、百メートル程先で光った。パニックブレーキの音と、腹にこたえるクラッシュ音が轟《とどろ》く。

スカイラインが、進入してきたトラックと正面衝突をしたのだった。たちまちのうちに家々の窓が開き、声高の叫びが上がった。

クラクションが鳴り響いて、やまない。

僕はゆっくりとカーテンをおろし、礼子を見おろした。映画の中で、たった一度だけ披露した裸身が僕の目の前に横たわっている。

こぶりだが、形がよく盛り上がった乳房、くびれひきしまったウエスト、押し広げられた股間《こかん》に、卑猥《ひわい》な形状をした器具があった。

礼子の胸はゆっくりと起伏していた。

眠っているだけなのだ。

若者の呻き声はいつのまにかやんでいた。僕は三脚にのったカメラを見つめた。証拠をいじれば、警察に絞り上げられることはわかっている。

だが、みゆきと若者が争ううちに三脚が倒れ、はずみでフィルムが露光してしまったとしたら——。

三脚を蹴ると、落ちたカメラにハンカチでくるんだ手をのばした。

僕は彼女のファンなのだ。

みゆきは丸一昼夜生きた。そのうちの何時間かの間に、そこで起きた出来事をすべて、取調べの警官に話した。

缶コーヒーにみゆきは睡眠薬をまぜ、礼子に飲ませた。自分の撮影のときに知りあった若者を使って、本物の礼子の写真を撮ろうとしたのだった。だが、若者がより刺激の強いポルノを撮ろうといい始めたとき、みゆきは反対した。

自分が犯されるような気分になったのだという。口でいっても、若者は聞かず、実行しようとしたところを、部屋にあったビール壜で殴りつけた。

救急車が来たときは、若者は死亡していた。

翌日の昼、最期の一時間を、ショックから回復した礼子によって、みゆきは看取られた。彼女は、現像所では礼子を安心させるために妹だと認めていた。しかし、最後には、何のつながりもないといった。ただ、同じようにスタートを切り、スターになった礼子に腹いせをしたかったのだ、と。

自分は断じて血のつながりはない。礼子とは無縁の人間だといいはった。しかし、礼子が父親の名を訊ねても、決して答えようとはしなかった。

警察は、事件を被疑者死亡の殺人事件として扱った。証拠品のひとつである、礼子のヌード写真は、感光され一枚も残されてはいなかった。

礼子自身はそこで何が起きたのか、何ひとつ覚えてはいない、と述べた。

みゆきの葬儀の日、礼子は本物の涙を流した。そして二カ月後の結婚式の招待状を、僕は受け取った。
行くべきかどうか、悩んでいる。

悪い夢

朝

悪夢が現実になった。

だが、これは僕の描いていた悪夢なんかではなかったはずだ。沢辺が僕にくれたことだ。

「いつか狭いアパートの台所で刺され、血まみれになって命を落とすぜ」

よくいっていた。

僕は今、キッチンの床に横向きに倒れている。浅く、小刻みな呼吸をくり返して。

大きく息を吸うことはできない。背中の裏に麻痺《まひ》したような重みがある。正確には右の脇腹の、もう少し背骨よりだ。

目の前にきちんと揃《そろ》えたスリッパがある。ふかふかとした毛のついた、可愛《かわい》い猫の絵がついたスリッパだ。その向こうに六畳間。

大きなダブルベッドとドレッサー、スタンドが一本。あとは何もない。

いや、ダブルベッドにひとりの人間が腰かけている。爪先《つまさき》が見えている。脚には何の表情もない。

その脚が膝《ひざ》を組んだ。

僕の脚は少しねじれている。倒れるときは、その六畳間とは反対の方角を向いていたからだ。苦痛はなかった。下半身は何の感じも、ない。

煙草の匂《にお》いがする。ふんわりと広がった煙が、台所まで届き、香りが僕の鼻にまで辿《たど》りついたのだ。

背中を動かそうとした。はっとするほどの痛みが全身に走った。声も出ない。不思議だ。背中には何の感覚もないのに、血が流れているのがわかる。それも大量の血が。

まず上半身を起こさなければならない。そして向かいあう。ベッドの人物に。話しかけるべきか。

命乞《いのちご》いをするべきか。

沢辺の予言はひとつだけちがっていた。僕を傷つけたのは包丁なんかじゃない。ちっぽけな、オモチャのようなピストルだ。

ピストルが二度、乾いた破裂音をたてるのを僕は聞いていた。そして、その音を聞いた者は他にひとりしかいないはずだ。僕を撃った人物だ。

ここには誰も来ない。銃声を聞きつけた隣人も、その隣人が一一〇番で呼んだ警官も、誰も来ない。

古ぼけ、ありふれたアパートなのだ。そして朝の十時だというのに、この部屋の他には誰もいないのを僕は知っている。出かけていないのではない。そもそも、誰も住んではいないのだ。そして、そう仕向けたのは僕を撃った人物だ。

僕達は二人きりだ。拳銃はまだ撃った人間の手に握られている。右手に銃を持ち、のんびりと煙草を吸っているのだ。

怪我は幾度もした。

歯を折られ、腕を折られ、肩の骨を折った。ライフルの台尻《だいじり》で殴られ、爆弾を投げつけられ、手刀でへし折られた。

だが、今ほど死に近づいてはいない。なぜなら、それらはいつも一瞬の出来事だったからだ。気がつけばすべてが終わっていた。

僕に殺意を持った人間は、その場を立ち去るか、殺意を捨てていた。

今はちがう。僕を撃った人間はそこにいて、僕が死にかけるのを見ている。喜んでもいない、恐れてもいない。ただ見ているのだ。

恐ろしかった。死にかけている自分を感じていて、逃げることは疎《おろ》か、叫ぶことも涙を流すこともできない。あるのは麻痺、それだけだ。頭だけが目まぐるしい速さで動いている。あまり速いので何に考えを絞ればよいのかわからない。

沢辺、悠紀、早川法律事務所の調査二課長、今まで会った依頼人、捜し出した失踪人《しっそうにん》、調査の途中で関わった人々。男、女、老人、若者、子供。

それからひとりの男に行きついた。

岡江《おかえ》、僕にいった。警告した。

＊　＊

依頼人は小島《こじま》という名の小柄な男だった。流行の紺の六つボタンブレザーにグレイのスラックス、それだけが流行の規格に外れた幅広のタイ。黒のタッセルシューズは磨きぬかれて厭《いや》らしいほど光っていた。

これだけのいでたちに茶のアタッシェケースを抱えてやって来た。それでも彼はどこか小狡《こずる》げで貧相に見えた。頭が薄く禿《は》げかけていて、それを隠すためか襟《えり》あしを長くのばしている。左手の小指に赤い石をあしらった指輪をはめ、マイルドラークに金のカルチエで火をつけるような、そんな貧相な男だった。

彼が早川法律事務所の応接室のテーブルにのせた名刺には、

「ハマ・プロダクション、芸能部企画室長」

と記されていた。その名刺は、宝くじにも似た夢を抱く若者には魔法のような効果を与えるにちがいない。僕や調査二課長に同じような反応を期待したとは思えないが、彼はことさら大事そうに名刺を置いた。名刺の角とテーブルのへりがぴったりと合うようにのせたのだ。

喋《しゃべ》り方は、元来せっかちな人間が鷹揚《おうよう》に見せようと努力しているような、そんな聞きづらさを感じさせた。そのせいか口中に唾液《だえき》がたまり、湿った発音になる。

「うちの若くて有望な新人タレントを捜していただきたく、参上しました」

言葉の使い方までが嫌味だった。

「芸名を弾和道《だんかずみち》と申します。まだ十七歳でH高校の二年生です。社長の家に下宿させていたのですが、一カ月前から無断外泊が多くなり一週間前に行方《ゆくえ》知れずになりました」

写真は画一的なブロマイドだった。どこにでもある笑み、どこにもとけこめない衣《い》裳《しょう》、そしていつからか他の同じような少年たちと見分けのつかなくなった似たような顔だち、だ。

芸能界が嫌になったとは思えない。根っから陽気で悩むことがない性格、目立ちたがりで、女の子に騒がれることが何より好きだった。北九州の出身で、新人オーディションに自ら応募してこの世界に入った。来月、似たようなふたりの少年と組んで歌ったデビューシングルが出る。逃げ出したいほど過密なスケジュールではなかった。また、実家に帰りたくなるほど売れるメがない存在でもなかった。事実、実家には帰っていない。不良グループ、特に暴走族《ゾク》とのつきあいはない。ツッパリを恐がりこそすれ、あこがれてはいない。

ようするに、目立ちたがりで、少し見てくれがよく、頭の中味が寒い、ありきたりの少年だった。

「ガールフレンドはどうです」

僕は訊《たず》ねた。小島は慌てて手を振った。

「とんでもない。今が一番大事な時期ですからね。つきあうことは疎《おろ》か、学校でも女生徒にはなるべく話しかけないよう指導しているぐらいで……」

指導とは凄《すご》い台詞《せりふ》だ。こんな指導の結果、一体どんな若者が生まれるのか。

暴力団とプロモーションの関係を訊《き》くと、小島は初めてきっとなった。

「よそ様はいざ知らず、うちはレッキとした芸能プロです。怪し気な輩《やから》とのつきあいはございません」

「するとまったく心当たりがない？　たとえばグループを組んでいたふたりの少年たちはどうなんです」

「日頃から事務所には隠し事をしないよう指導しております。ですが、今回のこの失踪には本当に心当たりがないようなのです」

答えておいて、小島は煙草に火をつけた。まだいい残している事があるような仕草だった。僕は待った。

「――実は、実はでございますが、こちら様にお願いにあがる前に、別の人間に弾和道の行方を調査させました」

バツの悪そうな顔になった。僕が気を悪くすると思ったようだ。

「御承知のこととは存じますが、この世界は大変に狭いところでして、外におられる方には色々と難しいしきたりややり方もございます。陰湿ともいわれる所以《ゆえん》でして……」

この男の口から陰湿という言葉が出ると、妙におかしかった。当人は大真面目で、顔をしかめ灰をまき散らしながら熱弁をふるう。

「こういったケースは、うちに限らず、間々あることでございます。そういったときに、必ずといってよいほど名の挙がる人物がおりまして……」

「……？」

「マスコミに往々にして流れがちなこういった不祥事をさばくのが大変に上手だという評判の男なのです。うちもその噂《うわさ》を頼りに、その男に調査を依頼しました。いや、勿論《もちろん》こちらさまの、その方面における御活躍はかねがね聞き及んでいたのでございますが……」

男はいわゆる一匹狼で、事務所すら持たぬもめごと処理屋だった。男女間のいざこざから起きるトラブル、失踪、自殺未遂、または暴力団がらみの脅迫、売春、何でもござれのレパートリイを誇っているという。といって自ら芸能界に売りこむわけでもなく、むしろ依頼人が頼みこんで初めて、腰を上げるといった噂だった。

「前身は汚職で馘《くび》になった元警官ですとか、組が潰《つぶ》れたヤクザ、あるいは足を洗った総会屋といった、とかくに噂のある人物ですが、腕の方は信用に足るものがあるというので、弾《だん》の行方を捜してくれるよう依頼したわけです」

同席していた調査二課長が知っているか、というように僕の顔をみた。僕は小さく頷《うなず》いた。噂は聞いている。

事務所も持たない一匹狼。傘も持たず、雨の日はコートの襟《えり》を立てている。仕事のない時は、住居としているホテルのバーにとぐろを巻いているという。腕も確かだが、料金の方もとびきり高い。確か、調査の成否にかかわらず着手金は百万、そんな話を聞いたことがある。

「こういっては何ですが、その人物は大変高額の報酬をとることで知られているそうですな」

二課長がゆっくりと口をきった。小島はうろたえたように、僕から課長に視線を移し、小さく頷いた。

「するとおたくのプロダクションではこの少年にタレントとして相当の期待をかけてい

るわけですか」

「……弾《だん》ひとりならばとにかく、一応トリオとして売り出す以上、万一弾が不祥事に巻きこまれますと、後のふたりも大きなダメージを受けてしまうわけでして。それは既にトリオで撮ったキャンディのＣ　Ｆ《コマーシャルフィルム》を来月からオン・エアする企画が決定されているのです。万一のことがあれば、クライアントの方のお怒りも買うわけでして……」

「万一、とおっしゃると？」

小島は途方に暮れたようにうつむいた。大の男が泣き出さんばかりの風情に見えた。

同情は感じなかった。

「それはわからないのですが……」

課長が話題を変えた。

「で、その調査の方はどうだったのですか。佐久間君も無駄を省くために訊《き》いておきたいだろう」

「彼と僕とは、やり方がちがうでしょうが興味はありますね」

小島はすわり直した。

「その男、岡江というのですが、岡江に弾の行方を捜すよう依頼したのが五日前でございます。私がじかに岡江に会い、着手金も払いました」

失踪の二日後――通常の失踪人調査の依頼時期である。普通の若者ならこの時期、警察への届けも出される。無論、小島がそれをしたとは思えない。

岡江は依頼を簡単に承諾した。小島も岡江に会うのは初めてだったようだ。

連絡を待て、といわれ三日がたった。三日目に電話があり、四日目、即ち昨日、岡江は小島を呼び出した。

「着手金を返すというのです。どういうことだ、と訊《たず》ねますと、今回の件には関わりたくない、と」

「脅えている様子でしたか」

「それはなかったと思います。ただ弾《だん》の行方などわかっているが、連れ戻しても意味がない、というようなことを……」

「意味がない？」

「いや、はっきりそうとは――。確か、そっとしておけ、とか何とかいいまして」

「着手金を返すというには、余程の理由があるのでしょうね」

「それにつきましては何とも……」

練りゴムのような話し方をする男だ。語尾が必ず途切れる。小学校時代、教科書の朗読をよほど逃げ回ったにちがいない。

「ただそっとしておけといっただけですか？　弾和道君の行方については？」

「教えてはくれませんでした。しつこく訊くと殴りかかりかねない勢いで追い払うのです」

小犬のようにこの男が逃げ出すさまが想像できた。

「会ってみましょう。岡江という男に」

僕がいうと、課長は眉《まゆ》をひそめ、小島はすくわれたような表情を浮かべた。

「単に捜し出す自信がなくて降りたのかもしれん」

「だったらそういうでしょう。興味があるんです。そっとしておけ、という言葉にね」

「やっていただけますか」

僕が頷《うなず》くと、小島は味方を得たような口調になった。

「ひょっとしたら課長様のおっしゃるように、捜し出せないのを誤魔化《ごまか》すためにああいったかもしれませんよ」

「僕が聞いていたような男なら、そんな場合にでも着手金は返さないはずです。返したのは本当に理由があってのことだと思いますね」

冷たく僕はいった。小島は、もう一度途方に暮れたような表情を浮かべた。

昼

時間が歩むのは恐ろしくのろかった。僕を撃った人物は、ずっとベッドにすわり続けている。僕の存在を忘れてしまったのだろうか。

忘れるなら忘れてくれていい。ここを出ていって欲しい。いたぶるだけいたぶった後で止《とど》めの弾丸を頭に撃ちこまれるのは御免だ。

不意に鳩尾《みぞおち》が痛くなった。傷の痛みとはちがう。その理由は、泣きたくなるほどの恐怖だった。

血が止まったような気がする。同時に痺《しび》れがひどい痛みに変わりつつあった。背中全体に火が燃えひろがっているようだ。唇《くちびる》をなめようとすると、吐き気がした。

何かで読んだ覚えがある。戦場で被弾し、死亡するのは、ショック死がその大半を占めるという。本当に急所を撃たれたり、出血多量で死亡するのはわずかなのだ、と。

吐き気はショックのせいなのだろうか。

弾丸が内臓にくいこんでいればそのせいもありうる。喉《のど》の奥がムズムズして咳《せき》こみたくなった。

恐ろしい。

血を吐いたらどうしようか。咳は痛みをひどくするかもしれない。

誰も来ない。

部屋の中はふたりだけだ。

＊　　＊

小島が事務所を訪れた日の晩、雨が降った。千鳥ケ淵《ちどりがふち》にあるホテルの駐車場に車を駐めたのは午後八時だった。

早過ぎず、遅過ぎないはずだ。口の重みが少しはやわらぐほどアルコールが入っていて、何も喋《しゃべ》れなくなるほどには酔っていないだろう。

トランクに入った傘を出すのは面倒だった。皮のブルゾンの襟を立て、走った。コンクリートの駐車場は古くなり、水溜《たま》りができている。勢いつけて飛び越した。それでも茶のブーツの先が黒く色を変えた。

ロビーは人けがなく静かだった。正面にフロントカウンターが、その右手に小さなバーの入口があった。

ところどころすり切れた絨毯《じゅうたん》を踏んでバーに入った。かすかに消毒の匂《にお》いがするロビーには、ひっそりと動かぬクラークがいたが注意を払う者はひとりもいなかった。

バーの中は暗く、円形のブースがあちこちに点在しているのがほのかに見えた。古びたモダンジャズが流れている。キャノンボール・アダレイを古びているといったら、怒る人間もいるだろうが。

客は少なく、ほんの二組だった。ひと組は中年のカップルでブースにすわり、言葉をかわさず互いを見つめあっている。女が傍らのソファにおいた茶のコートは決して高価そうには見えない。

もし僕がホテルの人間で、あのカップルが泊まり客なら、心中を警戒するだろう。

ふたりの横を通りすぎるとき、赤いキャンドルの炎ごしに、男が何か呟《つぶや》いた。日本語ではなかった。

カウンターにひとりの客がいた。特徴のある裏地を見せて、バーバリーが隣のストールにのっている。

後ろから見ると、痩《や》せ型で髪は長く、長身のようだった。ウォッカを入れる小さなグラスが、カウンターについた肘《ひじ》のわきにあった。皮のエルボウパッチがついたジャケットを着ている。

バーバリーの隣に腰をおろした。格子のベストを着けたバーテンダーが近づいてきた。

「ジン・トニック。ジンをダブルで」

外は冷えていて、バーの空気は乾いている。

煙草をとり出して、彼の方を見た。両手を組んで口の前におき、目は酒棚の方に向けられている。

鉤鼻《かぎばな》で筋が通り、額も広い。落ちくぼんだ目の上まで前髪が下がっていた。わずかに白いものが混じっている。四十二、三か。

右手がほどけ、グラスにのびた。半分ほど残っていた中味を、目もくれず喉《のど》に放りこむ。

僕の前にジン・トニックをおいたバーテンダーが滑走し、グラスを満たした。

煙を吸いこむと、ジン・トニックを口に含んだ。苦味が鼻にさしこみ、喉で泡立った。

「なぜ、着手金を返したんです、岡江さん」

岡江はグラスを運びかけていた手をとめ、僕の方を向いた。目が細まり、鋭くなった。

「君は誰だ」

「あなたの後任を依頼された人間です。佐久間公といいます」

唇がゆがんだ。

「早川のところの若きホープだな。失踪人調査に飽きると殺しの犯人を挙げるという」

「ビギナーズラックが一回、犯人のドジが一回、頭の冴えが一回、です」

「通報しなかった殺しもあるな。犯人を」

「とりあえず本職は失踪調査なので」

「昨年、光井という男が横須賀で死んでね。死ぬ前の二日間ほど一緒にゴルフをした。三日目にクラブハウスの前で撃たれたんだ。色々な話をした。君の話も聞いた」

「三和会の光井さん?」

ゆっくりと頷《うなず》いた。

「ヤクザだったがマシなヤクザだった。マシな、というのは俺にしてみれば最大級の賛辞だ。それ以上の賞《ほ》め言葉は、生きているヤクザにも死んだヤクザにも使わない」

それには答えず、僕はいった。

「小島さんは、あなたが弾和道の居所を捜し出せないから、金を返してきたのだと思っています」

「作戦が早急じゃないか、佐久間君。俺を怒らせて口を開かそうとするほど、話はまだ煮つまっちゃいない」

両切りのキャメルをジャケットから取り出し、ブックマッチをひきよせた。

「日立て幾らの探偵稼業では、あまり時間をかけられないんですよ。料金がかさめば信用が落ちる」

「なるほど」

マッチの軸をちぎらずに火をつけ、煙を吸いこむと僕から目をそらした。

「あなたが捜し出せなかったとは、僕には思えない。何か理由があったのでしょう。それを訊《き》こうと思っているわけじゃありません。時間と労力を節約したいとも思っていない」

「じゃあなぜ来た」

「わからないんです。あなたのことを幾度か聞いていた。興味があったのも確かです。今どき傘を持たない探偵に」

「君も持っていないようだが？」

ブルゾンにできた染みを素早く見とったのか、岡江はいった。

「駐車場からここまでの道のりです。もし土砂降りならトランクから出したでしょう」

「土砂降りなら俺は出かけない」

「着手金を返したのは、あなたの評判を傷つけぬためだけじゃなかった。本当に弾和道をそっとしておきたかったからじゃないですか」

「あんなチンピラはどうでも良いんだ」

ものうげに岡江はいった。

「じゃあ誰をそっとしておきたかったのです?」

岡江は黙っていた。グラスを干し、お代わりをつがせた。煙草を灰にすると、グラスをまた干した。ぼくの存在を無視することに決めたようだ。

僕は待っていた。やがて岡江が最後の一杯を干し、立ち上がった。

「時間と労力は惜しまない性格《たち》じゃなかったのか?」

その言葉を投げつけて出ていった。コートを肩にのせた後ろ姿を僕は見送った。彼とはまた会うつもりだった。

＊　＊

痛みがひどくなり、じっとしているのがつらかった。呻き声を出すのでも、のたうち回るのでも、何かしなければならない。

動けばまた撃たれる可能性はある。だが、動かずにいられなかった。

下になっている方の腕に力をこめた。嫌になるほど力が入らない。くいしばった歯の間から息が洩《も》れ、ぞっとするほど情けない音をたてた。

ベッドの方角を仰いだ。すわっている人物が瞬《まばた》きもせずに僕を見ていた。拳銃は手から離れて、布団《ふとん》の上に投げ出されている。

話しかけてみた。

「………」

声にならない。もう一度いった。

「どうして撃った……」

答はなかった。

くやしさがこみあげてきた。力をこめろ、出血がひどくなったって構やしない。まるで片手で逆立ちをしようとするほどの力が必要だった。

上体を起こすことができた。できた瞬間、今までのものとはちがうさしこむような激痛が背中から走った。空いた手を床につき、身体が折れるのを防いだ。

呻《うめ》いてしまった。

鼻水が荒い息とともに吹き出した。目の前が暗くなりぼやける。涙がにじんでいる。ひいた腕が何かに当たった。堅い感触。

キッチンの下の戸棚だ。撃たれた側ではない方の肩をもたせかけた。あいかわらず、脚の感覚はない。

口を開き、喉《のど》に空気を送りこんだ。目を閉じればまた倒れてしまいそうだった。より強く吐き気を感じた。鳥肌がたった。

ひどくなったら恐い。

忘れていた死をまた感じた。この間隔がだんだん短くなり、心の中の存在が不動になった時、肉体が死ぬ。

そんな気がした。

* *

岡江と会った翌日、原宿に出かけた。短い間だったが、弾和道がアルバイトとして働いていた店があるのだ。

『アップルソース』という名の店はビルの地下にあった。表参道から一本裏にそれた通りにある。

階段はコンクリートの地肌がむきだしで、湿った匂《にお》いがした。観音式で丸ガラスを両面にはめこんだ黒い扉は、どこかの映画館の廃物を加工したもののようだ。

午後五時。扉を押すと、正面に小さなスクリーンが見えた。炎上する車に、原田芳雄と桃井かおりが映っている。

煙草の煙がひどく濃くて、霞《かすみ》がかかったようだ。客席はお粗末なベンチに丸テーブル、そこいらの公園から失敬してきたもののように見える。

スクリーンに注視する者はわずかしかいない。ベンチを埋めている客の大半は高校生だった。あちこちから鋭い視線がとぶのを感じながら、僕はカウンターに近よっていった。

カウンターの中にいる白い上っぱりの若者は、客と大してちがわない。

同じ年かさのもうひとりの店員と肩をぶつけあってじゃれていたが、僕に気づくと動きを止めた。

ひとりはパーマをかけ、ふんわりとしたヘアスタイル、もうひとりは鶏冠《とさか》のようにつき出たリーゼントヘアーだ。体つきはトリガラのようで、これはふたりとも変わらない。

「ここに前勤めてた子を捜してるんだ。その子がいるプロダクションに頼まれてね」

「警察の人ですか」

トリガラリーゼントが妙に中性的な声で訊《たず》ねた。

「いや、法律事務所の者だよ」

「誰です?」

トリガラふんわりがいった。カウンターに近い小僧たちが聞き耳をたてている。誰かが「格好いいぜ」と呟《つぶや》いた。

僕はブルゾンから写真を出して見せた。

「カズか、あのイモ……」

トリガラリーゼントが呪《のろ》った。トリガラふんわりが写真を認め頷《うなず》いた。

「知ってます。ハマプロにいった――」

「行方がわからないんだ」

「前にも同じこと訊《き》きにきた人がいました」

「で、どう教えた」

「お客さんか店の子で仲の良い人を教えてくれっていわれて」

「ケンジのこと教えたんだろ」

トリガラリーゼントがいった。ふんわりは頷き、上目づかいで僕を見た。

「前、うちの店によく来てた小野ケンジってモデルがいたんです。割りと仲良かったみたいだったから……」

「どこで会える、その彼に」

「今、六本木の『オードリー』ってバーで働いています」

トリガラリーゼントが手を頬《ほお》にあててしなを作った。周辺で笑い声が弾けた。

「ゲイか」

「営業用です。本当は――」

スクリーンが白くなり、どこかで映写機がカタカタとなった。リーゼントがカウンターをくぐって走った。

「女しかやらないけど、そこの方がモデルより金になるって」

『オードリー』の場所を聞いて礼をいうと、ふんわりがいいかけた。

「あの……」

「何か」

「前の人にもいったんですけど、カズに会ったら、もらい残しの給料があるから、取りに来るよういってもらえますか」

「どれくらいここに勤めていたんだい」

「半年くらい前に二カ月だけです」

「店じゃ人気あった？」

「若い子にはもてなかったけど、結構、年上の女の人なんかには……」

戻ってきたトリガラリーゼントが体をゆすりながら吐き捨てた。

「オバンだよ、オバン」

興味を感じ、訊《たず》ねた。

「幾つぐらいだい、オバンて」

「二十四、五から上」

そんなものだろう。頷いてやって、僕は店を出ていった。

夜

午後六時に、悠紀と待ちあわせて夕食をとる約束をしていた。『アップルソース』を出て、車で六本木に向かった。車を定位置に路上駐車し、待ちあわせた喫茶店まで歩いた。

去年の暮れから麻布署の路上駐車取締りがきびしくなっている。そのうちレッカー移動をくらうかもしれない。危いと思うなら、駐車場に入れればいいのに、と悠紀にいわれたことがある。

駐車料金が惜しいの、と彼女は訊ねた。

そうじゃない。答えると不思議そうに理由を訊《き》いた。

意地なんだ、わかってはいるが相手に屈服するようで癪《しゃく》にさわる——悠紀は笑った。

「おかしな人ね。国家権力とケンカしたって勝てっこないのに」

音楽大学が教えるのは、ピアノの上手な弾き方だけではないのだ。困ったものだ。そのうち児童音楽教室の講師のように僕をあやすようになるだろう。尤《もつと》も、あやされるのはわかっているのだが。

「約束より七分の遅刻でございます」

暖かな店内に飛び込むと悠紀がいった。今日は白のスカートに茶のブーツ、グレイのセーターを着けている。椅子《いす》にダウンがかかっていた。

「社会人の恋人を持った女子大生は寛容にならなけりゃならない。ただし、恋人が中年の男性なら別だが」

「もうすぐ、もうすぐ」

「黙れ。この寒空を空腹で帰りたいと見えるな」

「お許し下さい。お殿様、それだけはなにとぞ御容赦を」

「ならばよい。ついて参れ」

小さなステーキハウスに入った。月に一度はたらふく食べさせておかなければ、腰元がいつ姫君に変身しないとも限らない。

注文が終わると悠紀が身をのり出した。

「ディスコなんて、行く気ある？」

「残念ながら拙者《せっしゃ》、仕事がのこっておる。ゲイバーに行かねばならん」

「偽装用のパートナーは必要でございましょうか」

僕は首を振った。

「客として行くほど長居したいところじゃない。どうせ人気が集中するのはわかっている」

「いったね。そのテには絶大な自信があるんだ」

「モテないのは音大の学生を相手にしている時だけなんだ」

「本物を見抜く力がありますからね、私達には」

「どうやって?」

「外見にまどわされそうな時には目を閉じるのよ。そうすれば鍛えぬいた耳が教えてくれるわ。相手が本物かどうか」

「おやおや」

「最近、よく考えるのよ。公と知りあった時、あたし中耳炎じゃなかったかなって……」

「きっと慢性化してるにちがいない。あの頃から」

「直して欲しい?」

「余は今のそちに満足しておる」

「よかろう」

食事を終えると仕事の話になった。僕が少しでもためらえば彼女は訊こうとしない。

「どうしてその岡江さんていう人は仕事を放棄したのかしら」

「その理由を知るには失踪人を捜しだすしかないね」

どんな内容であろうと、悠紀は両親に、友人にそれを話さない。

「脅迫に屈するタイプには見えなかった」

僕はいった。

「バーバリーのトレンチじゃ人は判断できないわよ」

「ウォッカを飲んでいた」

「まだまだ」

「渋い男前だった」

「納得するわ」

「また会ってみるつもりだよ。興味があるんだ、彼に」

「公にとって理想の中年像なんじゃない?」

僕は苦笑した。

「話がやけにそっちへいくな。どうかな……彼のフリータイムがウォッカ工場への貢献だったら、さほど理想じゃない」

「そうね。お酒を飲むだけなんて寂しすぎるわよね」

「彼が手をひいたのは、もっと彼自身の個人的な理由なのじゃないかな」

「わかった。昔好きだった女《ひと》が関係している」

「君がいかに、夜勉強していないかを語っている。サスペンスメロドラマの見すぎだ」

「ゲイじゃない限り失踪人に恋はしないし……」

「今のところ、僕は彼と同じコースを辿《たど》っているんだ。遠からず彼の理由にぶちあたるような気がするよ」

「素敵な女性がでてきたら注意して。きっとその人よ」

＊　＊

悠紀のいった言葉は正しかった。もっと注意すべきだったのだ。

吐き気が徐々に強まってきたようだ。人体についての知識を思いおこそうとした。

背骨の左側には大動脈、右側には大静脈が走っている。これに当たっていれば出血多量だ。じきに意識を失うだろう。

撃たれてからどれだけたっているのだろうか。五時間、六時間、もっとだろうか。外は暗くなっている。夜だとすると、八時間はたったかもしれない。

血管に当たってないとすれば、右側には肝臓、左側に脾臓《ひぞう》がある。すると肝臓の方だ。

一生、酒も煙草もコーヒーものめなくなるだろうか。

祈りたい。助かっての話だというのに。

このまま死んでしまうのか。誰か来て欲しい、誰も来ないのか。

悠紀、まだ死にたくない。

沢辺、近いうちに飲む約束をしていた。お前は何ていうだろう。コウが撃たれて死んだと聞いたら。怒るだろうな。滅茶苦茶に、死んだ僕を呪《のろ》い、撃った人物を許さないだろう、どんなことがあっても。そして後悔するだろう、僕が台所で血まみれになって死ぬなんて悪夢を話したのを。

そうだ、これは夢かもしれない。目を閉じ、開ければ僕はベッドにいるのだ。悪い夢なんだ。

目を閉じ、開いた。

僕を撃った人物がそこにいた。涙が流れだすのをおさえられなかった。

*　*

『オードリー』の入口で小野ケンジに会った。クローズドのグレイのパンツをはき、Tシャツの上にVネックのセーターを着こんでいる。刈り上げた髪に、薄いアイシャドウ、近づくとコロンが香った。色が黒く、くっきりとした目鼻だちをしている。

「紹介したんだよね」

最初は警戒し、いい渋っていた彼の口を一万円札で開かせた。

「これ、二度目なんだよ。訊かれるの。カズ、何か悪いことでもしたんですか」

「いいや、ただ捜しているだけだよ。で、誰に紹介したの」

「俺が昔つきあっていた女の人」

ホールアンドオーツが暗い店内で歌っている。「マンイーター」人喰《ひとく》い鮫《ざめ》の歌じゃない、女の話だ。

低いステージの上で上半身裸の少年たちがスパンコールをちりばめたパンツをはき、踊っていた。発作をおこしているようにも見える頭の振り方だ。テクノ、ニューウェイブ、どちらにしても好きになれない。

「どんな女の人?」

「二十八、九か三十。すっごい金持でさ、原宿のマンションにひとりで住んでいる。結構、いい女だよ。オバンが好きなら」

「何をしているんだい」

「何んにも。何んにもしてないよ。働いたことないんじゃないかな。英語ペラペラだし、車も運転するけど。すっごいアメ車乗ってる」

「型は?」

「キャデラック、白」

「どうして金持なんだい」

「知らない。親が金持なんじゃない。一カ月か二カ月に一回、男を変えるんだ。若い男が好きでさ、いつも、二、三人はつきあってるよ」

「紹介したのはいつ頃?」

「二カ月くらい前。気に入られたみたいだった。いつだったかダイヤのペンダントもらったのを見せてくれたよ」

「どうして気にいられたのかな」

「若いし、見ばがいいし、それにアレがうまいって自慢してたことがあるから」

「弾和道が？」

「そう」

「今でもつきあっているかな」

「どうかな。すぐ飽きちゃう女《ひと》だし」

いって、ケンジは左手首にはめたブレスレットをいじった。プラチナ製で、出所は同じかもしれない。紹介したのをくやんでいるような口ぶりだった。和道のためではなく、自分のためにだ。

「会ってみたい、どこにいる」

「僕から聞いたっていわないでくれる？　すごく怒りそうなんだもの」

「恐いのかい」

「………」

意味がわからぬようだった。瞬《まばた》きした。

「その女は恐いのかい」

「全然、でも優しい人を怒らせたくないじゃん」

「約束するよ。君から聞いたとはいわない」

「じゃあいいよ」

ケンジはそういって教えた。そこは『アップルソース』からさほど遠くない位置にあった。


教えられたマンションに着いたのは午後十時を回った頃合いだった。地下駐車場に車を乗り入れると、白いエルドラードが駐まっているのを見出した。来客用スペースに車を置き、エレベーターで上に昇った。八階の角部屋で、七、八年前に建てられたとしても一億近い値段だったにちがいない。

伊東晶子《いとうしょうこ》というのが女の名前だった。

薄いカーペットをしきつめた廊下を歩き、目指す部屋の前まで来た。インターホンを押し、応答を待つ。

答はなかった。もう一度、押し、答のないのに踵《きびす》を返しかけたとき、声がした。

「……はい」

「伊東さんですね。夜分、おそれいります。実は弾和道くんの件でうかがいました。法律事務所の佐久間と申します」

「…………」

時間がかかった。やがて、鍵《かぎ》が外れ、扉が開いた。

ほっそりとした色の白い女だった。眼の下に、俗にいう涙袋がぷっくりと浮かんでいる。切れ長で、眩《まぶ》しそうに細めた眼はどこか醒《さ》めていた。細い鼻筋が、中央の凹《くぼ》んだ唇にまっすぐ続いている。肩までの髪はストレートで、かきあげる仕草が癖になっているとすぐ知れた。

白いトレーナーに白いパンタロンを着け、裸足《はだし》だった。

「何か」

無表情に僕に訊《たず》ねた。声までもが細い。

「弾《だん》くんが下宿先から居なくなり、行方を捜しているのです」

小首をかしげて僕を見つめた。

「心当たりがおありでしょうか」

「いいえ」

首を振った。

「最後に会われたのはいつ頃ですか」

「二週間ぐらい前かしら」

「どちらで？」

「ここよ」

微笑した。

「その時、何か変わった様子はありませんでしたか」

「別に。そろそろ忙しくなるっていってたわ」

「ではしばらく会えないといったんですね」

ドアのノブに手をかけたまま宙を見つめた。寒くないのだろうか。だが彼女がそうしようとしないのに、中に入ってドアを閉めさせるのは失礼な行為だ。

「そんなことはいわなかったみたい。変わらなかったわ」

「寒くありません？」

「え？」

「いや、開け放しているので」

「いいえ、ちっとも」

ぼんやりとした笑みが浮かんだ。楽しんでいるようだ。

「どこか旅行にいきたいなどとはいいませんでした」

「待って」

少女のように唇をかんだ。色の淡い、薄い唇だった。

「いっていたような気もするわ」

「大変失礼な質問ですが、その時、お金を貸しはしませんでしたか?」

目をゆっくりと閉じ、首を振った。

「私はお金は貸さないわ。時々、あげるけど」

人の目に自分がどう映っているかを知り、それを否定しないような口調だった。他人がどうであろうと、全く意に介す気持がないにちがいない。立っている次元がまるでちがう。こうして会話をしていても、どこか素通りしてしまうような雰囲気だ。

少年たちの前でもこうなのだろうか。

「それだけ」

「もし連絡があったら知らせていただけますか」

「喜んで」

名刺をさし出すと、彼女はそれを受け取った。

「お邪魔しました」

「素敵なお名前ね。コウさんとお読みするの」

「そうです」

「必ず電話するわね、公さん」

ドアが閉まった。僕は頭を下げ、三和土《たたき》を見つめていた。男ものの靴は、そこにはなかった。少なくとも、このマンションにはいないのかもしれない。あるいは、最初から僕をだますつもりでいたのか。

まっすぐ帰るにはまだ早いような気がした。し残した仕事があるようだ。

彼女を疑うならば、ここに張りこむか、彼女自身について調べるかだ。

彼女の演技にはひとつだけミスがあった。以前、同じことを訊ねに来た男の話をしなかったことだ。

その男に会いにいくことにした。

朝

岡江は同じ場所で同じ飲みものを手にしていた。ちがうのは時間で、昨夜に比べればかなり飲んでいるはずだが、酔っている様子はなかった。

今夜も彼の隣はコートだった。あるいは誰にもすわらせぬためにそこに置いているのかもしれない。反対側のストールは壁ぎわで、好きこのんでそこにすわる人間はまずいないからだ。

「ジン・トニック、ダブルで」

オーダーして腰をおろすと、驚いた様子もなく僕を見やった。そのまま無言でグラスに戻ろうとするのを、ひきとめた。

「原宿から来たんです」

「会ったんだな」

「彼女のことですか」

「他にいないだろう。俺も会ったさ、あれは爆弾だぞ」

「だから手をひいた？」

「………」

「きれいな人だった。どこか変わってはいるけど」

口元に皮肉な笑みを浮かべて、岡江はグラスを干した。バーテンがボトルを手に近よってきた時、意外なことをした。グラスに掌をかぶせたのだ。僕に向き直った。

「あの女を調べたか」

「いいえ。張りこもうかと思いましたが、ここに来ました」

「あれは普通じゃない。どこかバランスが崩れている」

「………」

「出身は立川で、大地主の娘だ。名門のS女学院を小学校から高校まで上がった。ひとりっ娘《こ》のため親は望まなかったらしいが、大学はイギリスに留学した。おかしくなったのは向こうで暮らしだしてからだ。二十三のときにイギリス人の医者と結婚した。相手は四十を過ぎた精神科医だ。二十五で子供を産んだが、その翌年、亭主に自分より年下の愛人がいることがわかり離婚争議になった。ロンドンでの話だ。だが裁判で争っている最中に、亭主の別居先が火事になり、亭主は子供もろとも焼け死んだ。死体は寝室で発見されたが、死んだのはふたりだけじゃなかった。一緒にもうひとつの死体があった。亭主の隣に寝ていた十八歳の男娼《だんしょう》だ」

「すると、発覚した亭主の愛人というのも……」

「男さ」

「………」

「放っておいた方がいい場合もあるんだ、若いの。不発弾のようなものだ。掘りかえそうとしたために爆発して死人が出ることもある。留学までして、教養もあるし、見てくれもいい。だが紙の上でいや、俺やあんたとは同じ面で生きていないんだよ、あの女は」

「彼女は幾つですか」

「三十四か五だ」

「まさか――」

「そうなんだよ、俺も調べたんだ」

鋭い口調を僕の言葉にかぶせるように、岡江はいった。

「そこまで知っているのなら、どうして放っておいたのです。弾和道の行方を彼女が知っているのにちがいないのに」

「あの女にとっては坊やはペットなんだ。放っておけ、ペットを取りあげようとしなければ何もせん」

「どうしてそこまでわかるんです」

「二度会った。一度目はあんたのように道をたぐってから会い、二度目はあの女について調べてから会った」

そこで何を話したのかは、喋《しやべ》ってくれそうになかった。口をつぐみ、バーテンダーを促した。グラスがまた満たされた。だがすぐには飲もうとせず、透明な酒を見おろしていた。

「彼女は弾和道をどこかに隠しています。それは確かなんだ」

「そいつはどうでもいいことだ。放っておくのにこしたことはない」

「岡江さんは彼女に――」

「いったろ、次元がちがうんだ。俺たちは永久にふれあわない」

低いが断固としたいい方だった。それで僕は意味を悟った。一匹狼であっても、四十を過ぎていても、いや、一匹狼で四十を過ぎていたからこそかもしれない。探偵が調査の途中で関わった人間に魅《ひ》かれたとしても不思議ではないのだ。

「明日から彼女を尾行します」

岡江は無言でグラスを見つめていた。そしてそっと立ち上がった。グラスを満たした酒がこぼれてしまうのを心配しているような仕草だった。

「俺は警告したぜ」

静かに彼はいった。背中に遠ざかる気配を感じていながら、僕はグラスのウォッカから目を離せずにいた。


二日間、伊東晶子を張りこんだ。徒歩で高級なスーパーマーケットに買物に出る他は、彼女は動かなかった。誰も訪れず、訪れようともしなかった。

三日目の朝、午前八時に、キャデラックエルドラードが駐車場から走り出た。キャデラックは都心を横ぎり、永代橋《えいたい》を渡った。

門前仲町と木場《きば》の間あたりで彼女は車を駐車した。前日の買物から持ち帰った大きな紙袋を手に車から降りたつ。肩からショルダーバッグを提げ、濃いめの化粧にサングラスをかけていた。白っぽいワンピースにミンクのコートを着こんでいる。

永代通りから二百メートルほど奥に入ったアパートが彼女の行先だった。木造の二階建てで、隣が駐車場と空地になっている。

僕は向かいのパン屋でそのアパートについて訊ねた。

「あれは今、誰も住んどらんはずだがね。大家さんが立川にいるっていう大金持で、一昨年《おととし》あたりから取り壊すとかいって住人を追い出したがね。まだ、そのままになっとる」

壁際に造りつけられた鉄の階段を僕は昇った。二階の中央の部屋に晶子は入ったのだ。ノックをした。返事はすぐに返ってきた。

「誰方《どなた》？」

「以前うかがった佐久間です」

間があった。原宿のときと同じだ。扉がそっと開かれ、晶子が顔をのぞかせた。無表情だったが口紅がはげていた。

「弾《だん》くんはここにいますね」

「…………」

「いますね」

「どうぞ」

眼の焦点が僕の胸元まで下がった。ドアが大きく開かれ、僕は中に入った。

ベッドとスタンドの他には何もない部屋に少年がいた。痩《や》せこけ、上半身裸で、足元には解かれたばかりのロープがあった。

「閉じこめていたんですか」

「そうじゃないわ、カズがそう望んだのよ。ね、カズ」

歌うような口調で晶子は少年を振り返った。和道は落ちくぼんだ眼で僕を見つめ、かすかに頷《うなず》いた。脅えきっていた。

「僕は君を捜していたんだ。事務所の小島さんに頼まれた」

また頷いた。

「服を着て、事務所か、下宿に帰るんだ」

「せっかく作った御飯が冷めちゃう」

口を尖《とが》らせて晶子はいった。だが実際には、買物袋はまだそのまま手つかずだった。

「晶子さん、彼は帰るんです。御飯はまた別のときに食べればいいでしょう」

焦点の定まらない眼で晶子は僕を見つめた。怒り狂うとか、ひきとめる様子はなかった。慌てて服を着た和道に、僕は訊ねた。

「タクシー代は？」

「あ、あります」

「じゃあ行きたまえ」

「はい。それじゃあ、晶子さん」

「いっちゃうの」

晶子が彼を見ると、和道は顔を合わさぬように僕の方を向いた。

「それじゃ」

小声でいって僕の横を走り抜けた。ドアが閉まり、階段を転げるような足音が遠ざかった。

その間、僕と晶子は向かいあっていた。だが、僕は彼女を見ていても、彼女は僕を見てはいなかった。

彼女はそのままにしておくのは危険だった。自殺のおそれがある。何も見ていなかった。

「帰りましょう」

「…………」

僕は踵《きびす》を返した。僕が動けば無意識に従うと思ったのだ。

「行きましょう」

いい終え、足を踏み出したとき彼女が撃った。

＊

＊

「どうして撃ったんですか」

涙が止まるまで目を閉じておく他なかった。唇に湿りけが生まれ、やっと言えた。二度目だ。

「奪《と》ったから。あたしからカズを」

「奪ったんじゃない。彼は帰してやらなきゃいけなかった」

ほっとした。会話が通じた。

「そうじゃないわ。私が彼をここに守ってあげたのよ。私のアパートに。もう私に会えなくなるっていうから」

「そのピストルで脅したんでしょう」

「愛しあったわ、ここで。何度も何度も。なのにどうして？　いけないの？　いけないの？」

「あなたがそうしむけたんです。あなたが望んだら、彼はそうしなければならなかった」

「そうしたかったのよ、カズが。だからしてあげたのよ」

そうじゃない、そうじゃない。だったら僕はここにいない。

「何しろ、ここを出なければいけ、ない」

吐き気が喉を鳴らした。神様、死にかけている。死にたくない。

「どうして。もうすぐカズが戻ってくるわ。夜が明けたら」

「戻ってはこない。ここに、一生いても」

僕の一生はあとどのくらいなんだ。教えて欲しい、助かるのか。

「ちがうわ。カズは来るの。あたしあの子をとっても可愛《かわい》がってあげたから」

「他の子にしなさい。次の、新しい男の子に……」

「い・や・よ。カズがいいわ。とても素直だから」

「だったら、あなたはそこにいればいい。僕は帰りたい」

「そこにいて。カズが来るまで。あなたのせいなんだから」

何てことだ。

「このままでは僕は……」

「死ぬわ」

晶子が僕をのぞきこんだ。冷たい眼だ。

「喜んで」といった時の眼だ。

「死なせたいのか？」

唇がふるえた。

「どうでもいいわ。もう一度撃てば、すぐだけど」

体をもたせかけているのすら難しい。血が、命が流れ出してしまった。もう、ずっと、ずっと流している。残りは少ない。

「グッバイしたい」

彼女が訊ねた。その姿が涙でぼやけた。

首を振った。

「グッバイしたい？」

首を振った。手が外れた。横向きに倒れた。酷い痛み、だがもう声はでない。

「グッバイしてあげる?」

嫌だ、したくない。撃つな、お願いだ。

「グッバイしてあげる?」

「……だ、め」

「そ。じゃあ待ってあげる。カズが帰ってくるまで。一緒に待ちましょ、ここで」

あんたは何なのだ。どうして僕を苦しめるんだ、ひどすぎる、これではあまりに、ひどすぎる。

意識が薄れてゆく。

足音を聞いた。金属の階段を昇ってくる。

「……ってきた!」

晶子が叫んだ。拳銃を手にドアに駆けよった。凄《すご》い音がした。見えない。悲鳴だ、晶子の悲鳴だった。そして晶子が叫んだ。

「何なの! お前は!」

肉のぶつかる音がした。晶子の体が目の前に飛んだ。

拳銃が音をたてて床に落ちた。

岡江がいた。ヤニ臭い顔が僕をのぞきこんだ。

「しっかりしろ！　馬鹿野郎、聞こえるか、眠るな！　いいな、眠るなっ」

頷いた。顔が見えなくなった。

足音がまたして、サイレン。体がぐるぐると回った。

明るい、ひどく明るい部屋にいる。人の話し声がたくさんだ。

痛んだ。凄く痛い、声が出た。言葉にはならない。

また誰かが話している。今度は遠くで話している。何を？　わからない。もう眠っていいのか？　訊けない。我慢できない。


天井が見えた。横たわっている。白い天井だ。あのアパートじゃない。

人がいる、横に二人。

課長、そして悠紀。泣いていた。僕を見つめ、気づいた。

「公……」

また泣き出した。かすれ声が出た。

「わるい、夢、さめた……」

ベースを弾く幽霊

1

煙のように頼りない女の子だ。美人ではない。といって、ひどい醜女でもない。どこにでもいて、人ごみの中では背景に埋もれてしまうような、姿かたちをしている。

暗い視線、病的に白い肌、赤い唇が彼女の個性だ。その個性に振り向く男は、十人中ひとりもいないだろう。あるいは、その寂しげな風情に心を動かされる男はいるかもしれない。

だが、きっと肩をすくめてこう思い直す。

暗い女は御免だ。まとわりつかれると後が厄介だからな。

その考えは正しい。彼女が今、こうして早川法律事務所の第二応接室にすわっているのは、行方《ゆくえ》不明になった自分の同棲《どうせい》相手を捜してもらうためなのだ。

三月《みつき》ほど前に街で知り合い、アパートに連れ帰った。翌日の昼間、彼女が勤め先の美容院に出かけている間に、男は荷物を持ちこんだ。大した量の荷物ではなかった。彼女は男の名と年齢のほかは、ほとんどといっていいほど何も知らなかった。

「それでも、ふた月、一緒にいました」

低い声で彼女――頼井千恵子《よりいちえこ》はいった。両手をきちんと膝《ひざ》の上におき、終始うつむき気味で話している。目の前のコーヒーにも手をつけようとはしなかった。

男には、彼女に寄生しようという気はないようだった。というのも、そのふた月間、部屋代を半分払ってくれたからだ。働いている様子はなかったが、そこそこの小金《こがね》は持っているようだった。ほとんど外出することもなく、彼女が勤めにいっている間は、部屋にいてマンガを読むか、せいぜい近所のパチンコ屋に出かける程度だった。

以前、喫茶店にいたとかで、サンドイッチやスパゲッティを作るのが上手だった。

「よく夜食に作ってくれました。おいしかった」

語尾が尻《しり》つぼみになった。

ひと月前、彼女が体を悪くした。医者に入院を勧められ、それならと郷里の北海道に帰ることにした。

「待っててくれる、っていいました」

北海道の病院に三週間ほど入院し、一週間前に退院した。戻ってくると、男の姿がなかった。荷物はそのままで、男だけがいなかった。

「もしかしたらどこかに旅行に行ったのかもしれないと思って――」

待っていた。書きおきはなかった。彼女の部屋に電話はないが、連絡を入れようと思えば美容院の方にできたはずだ。

一週間たち、頼井千恵子は公衆電話にある電話帳で、早川法律事務所調査二課のことを知った。

「捜して下さい、お願いします」

千恵子はぺこんと頭を下げた。

「その男性と知りあったのはどこですか」

「新宿です。友だちに連れられていったディスコで。初めて行ったんです」

「男の人の名と年を――」

「清水明夫《しみずあきお》、二十五歳」

その時は、どこかで聞いた名だ、と思っただけだった。

「あなたのお年は?」

「二十二です」

「清水さんの写真はお持ちですか」

千恵子は首を振った。

「彼の荷物の中には？」

「あの、触ったらあとで怒られると思って、見てないんです」

「お住居はどちらですか」

「杉並です。杉並区上荻《かみおぎ》、二－×－×」

彼女の小さな声に、雷鳴がかぶさった。妙な天気だ。夕立ではなく、朝から雨と雷がかわるがわる続いている。

「申しわけありませんが、彼の荷物から写真を見つけていただけますか。写真がなくてはちょっと難しいので」

千恵子は無言で頷《うなず》いた。

「連絡はどちらに」

「アパートの方にお願いします」

「すると電報、ということで？」

「はい」

「お勤め先におかけする時は変名を使ってもよいのですが――」

「いえ。辞めたんです」

「――そうですか」

僕は窓を見やった。雨滴が斜めによぎる。

季節に合わせた依頼人。暗く、湿りけをおびている。

応接室の扉がノックされた。細く開き、事務のおばさんが顔をのぞかせた。

「佐久間さん、お電話が入っていますが……」

「わかりました。ちょっと失礼します」

僕は千恵子に断わって部屋を出た。調査二課のデスクに戻り、受話器を耳にあてる。

いきなり、ひどい雑音が聞こえた。

「……ウか？　俺だ」

再びガリガリという音が入った。同時に、雷鳴が窓ガラスを震わす。

「沢辺だよ、忙しいかい？」

今度は、はっきりと聞こえた。

「今、依頼人と会っているところだ」

「そうか。邪魔したな」

「どこにいるんだ」

「首都高の上さ。そっちに向かってるところだ。よかったら晩飯でも食おうと思ってさ」

巨体と俠気《きようき》、遊び人の帝王という仇名《あだな》を持っている。バラクーダ・クーダからメルセデスの五〇〇ＳＥＬに愛車がかわり、リアウインドウの横にアンテナが立った。ビリヤードの勝負では一戦、僕が彼に負けこしている。

「珍しいな。今日は女ぬきかい」

僕はからかった。

「こう湿っぽいとな、その気にもならねえよ」

ふっと思いついて訊《たず》ねた。

「清水って名前、聞いたことないかい。清水明夫──」

彼の口か、その近くから聞いたような気がしていた。

「清水──最近聞いたな。どこでだっけ……」

「早くしろよ。依頼人、待たせてるんだ」

「ちょっと待てよ……」

「オーケイ、じゃあここに来るまでに思い出しておいてくれ」

切ろうとすると、ひどい空電が入った。

「待てよ……、それは……」

何をいっているのかは聞きとれなかった。

「あとでな」

いって電話を切った。

稲妻が光った。近くだ。先週、ビルの屋上に立っている無線連絡用のアンテナに落ちたばかりだ。修理に四日かかり、その間、証拠収集の調査二課の連中は十円玉を袋に詰めて歩き回った。

応接室に千恵子の姿はなかった。手つかずのコーヒーカップだけが、テーブルに残されている。痺《しび》れをきらせるほどの時間は待たせなかったつもりだが、彼女にとってはちがったようだ。

窓ぎわに立つと、雷雨の街を見おろした。ヘッドライトが、急ごしらえの闇《やみ》の中を走っている。向かいのビルの庇《ひさし》から小さな滝がこぼれ落ちていた。滝つぼは虎ノ門の交差点だ。銀行の軒に避難したOLやサラリーマンが見えた。彼らに向かって肩をすくめ、席に戻った。

沢辺と会ったのは、ビルの地下にある小さな喫茶店だった。雷雨は夕方にはあがり、五時を過ぎる頃には、空は、傘を持ち歩く人間を馬鹿にするように青く澄み渡った。アイスコーヒーをすっていると、地下の駐車場に車をおさめた沢辺がのっそり入ってきた。

「ひでえ野郎だ、さっきは勝手に切っちまいやがって」

度つきのレイバンを、袖《そで》をまくった麻のシャツの胸にさしこんでいる。マドラスチェックの派手なスラックスにデッキシューズをはいていた。

「どこに行ってきたんだ」

「葉山だよ。預けてたクルーザーの様子を見てきたんだ。今年の夏は、どうやらどこにも行きそうにないんでね。せいぜい近場《ちかば》の遊び道具を充実させておこうと思ったのさ。それより、おい！」

僕の前に腰をおろし、僕のグラスを勝手に空にすると、にらみつけた。

「清水明夫ってのは、例のベースだぜ」

「ベース？」

「忘れたのか。高円寺のライブハウスに出るって幽霊」

「あっ」

僕は思わず声をあげた。

「あの時、確かライブハウスのマスターが教えてくれた幽霊の名前が、清水明夫っていうんじゃなかったか」

「そうだ。くそ、忘れてた」

「下品な言葉を使うんじゃねえよ。ここは法律事務所のビルだろ」

沢辺が僕をたしなめた。

2

一週間前だった。今日のように、沢辺が事務所に現われ、暇になった僕を誘ったのだ。

「幽霊見に行かないか」

「青山墓地で蚊にくわれようって誘いかい」

「そうじゃねえよ。幽霊が出るって、このところ、話題になってる店が高円寺にあるんだ。俗世にうとい探偵さんよ」

「新手の客ひきだろう」

「いつも港区内で遊ぶってのも芸がない話だ。たまには遠出しようぜ」

沢辺の誘いにのったのは、確かにこのところ、六本木や青山が鼻につきだしていたせいもある。その理由は、理屈ではなく、年齢が合わなくなってきている、というところだろう。街で目につく若者たちと自分のちがいに、すぐ気がいくようになった。最初に気づくのは、彼らの大胆さである。

今の自分にはできない、と思う。今の、というのは、既に戦線離脱したことを認める気持だ。

沢辺の車で青梅《おうめ》街道を走り、阿佐ヶ谷よりのその店に着いたのが午後七時だった。ロックとニューミュージックのアーティストが中心のステージで、昼間は喫茶店兼練習場になっているという。

店の名は『蒼峰《ソーホー》』といい、六人がけの大テーブルが六つ、小さなカウンターが手前、ステージが奥にある、その手の店としては比較的大きな構えだった。その晩出ていたのは、「カシュウナッツ」という名のロックグループで実力の程は、客席が半分も埋まっていないところから察せられた。それでも、僕と沢辺はステージに近いテーブルにすわり、薄い角の水割りと、焼きうどんを胃におさめた。

「カシュウナッツ」の売り物は、やたらにコブシがきいた歌い回しをするロックンロールのリードヴォーカルだった。彼らがレコードデビューをもくろんでいるとは思えないが、マイナーにせよ、リーグに参加するためだけでもあと数年はかかるにちがいないと、僕は思った。

九時にライブが終わり、僕と沢辺は、カウンターの客がそこのマスターとかわす会話を聞くともなしに聞いていた。

「この前、スポーツ新聞にのってたでしょう、この店のこと」

話しかけたのはジーンズの似合う、ほっそりした割といける娘だ。度の強そうな眼鏡をかけた、同い年ぐらいの娘とふたりで来ている。沢辺が僕に囁《ささや》いた。

「悪くねえじゃん」

「酒と理屈の両方で勝たなきゃ寝てくれないタイプさ。君には不向きだよ」

僕は答えた。

『蒼峰』のマスターは長身の、ヒゲをたくわえた男前だった。丸いとぼけた眼鏡をかけている。三十四、五か、いって四十だろう。年齢の見当をつけにくい。

「そうなんだよね、参っちゃうよ」

「どうぞ」

眼鏡の方が押しだしたボトルを、

「どうも、頂きまーす」

といって、ロックグラスに傾けた。

「噂《うわさ》よ。幽霊が出るライブハウスって」

ジーンズの子がいうと、眼鏡がたたみかけた。

「ね、本当なの」

「うん。僕は二回ぐらいしか見てないんだけどね、聞いたことなら何回もある」

「聞く？　どういうこと、それ」

「ベースギターを持って出てくるんだよ、その幽霊」

「嘘《うそ》！　どういうことそれ」

「見たときはさ、そこのステージの右奥、今アンプが置いてあるところ。あそこら辺に、ぼうっとうつむいて立ってたんだよね。もうあそこらだったらさ、スポットが当たって本当は凄《すご》く明るい部分じゃない。それがさ、妙にうすっ暗くて、そこに立ってるの」

「嫌だ！　それでベースギター持って？」

「うん。すぐ消えちゃうんだ。あれっと思って見直すと、もう居ないの。だからお客さんでも、リードやヴォーカルばっかり見てた人は気がつかないみたい。ただださ、ときどきキッチンにいたりして聞いてると、ベースの音が妙にだぶって聞こえることがあるんだ。まるでベースが二本入ってるみたいでさ」

「気持悪い。知ってる人？」

「知ってるっていうか、多分そうなんだろうと思ってる人はいるのね。一カ月ぐらい前から、昼間よくみえていたお客さんでさ。この間、うちの近くで車にはねられちゃった人なんだ。ベースのケース持ってきて、まだ預かってるよ、その人の」

「捨てちゃいなさいよ、そんなの」

「うん。そうは思ったけど、変に捨てると祟《たた》りがありそうじゃない。かえって気持悪くてさ、そのままにしてある」

「ね、何て人、有名なミュージシャン？」

「清水アキオっていったかな。聞いたことない人だったね。ちょうどハネられた日がさ、うちのレギュラーで『クライシス』ってバンドの穴埋めで出るはずだったんだ。ベースの仁《じん》ちゃんが、風邪で直前にぶっ倒れてさ、どうしようって昼の音合わせのとき相談してたら、その人がちょうどいて、俺でよかったらって、いってきたんだ」

「じゃあ、そんなに昔からのお客さんじゃないんだ」

「うん。夜より昼の方が多かったね。いつもひとりで来て、静かにしてたよ。その場でベース弾かせたら、割とイケるんでさ、じゃあお願いしますってことになったわけ。一度帰って自分のベース取ってきてね。うちにそれを置いて、表へ煙草買いに出たときにハネられちゃったんだよ」

「即死?」

「即死。ブレーキの音がしてさ、うちのユミが表出たら、もう駄目だった。救急車が来て僕なんか、お巡りさんと病院行ったんだけど、さあそれからが大変なんだ。だって名前しか知らないじゃない。どこに連絡しようにも、ポケットん中には、お金しか入ってないんだよ。参ったね。その時は慌てちゃってさ、うちにベースギターあること、ころっと忘れてたんだ。後になってギターケース開けたけど、入ってたのはヤマハのベースだけで、結局、それっきり」

「ふーん」

「きっとさ、演奏したかったのよ、その人」

眼鏡の子がしんみりといった。

「僕もそう思うんだ。だから供養のつもりで、ベースときどき弾いてあげてるのさ。だって別に、化けて出たって、悪いことするわけじゃないじゃない」

「優しーい、マスター」

「へへ」

僕と沢辺は顔を見合わせた。沢辺が吐息をもらして、グラスを曇らせた。

「よくあるこったよ、この街じゃ」

「結局、無縁仏か」

「そんなもんだぜ、コウも気をつけないとなるぜ」

「この間、なりかけたばっかりさ」

ふん、と沢辺は鼻で笑った。悠紀をのぞけば、入院している間、一番数多く顔を出してくれたのがこの男だった。退院した時、残念そうにいって、危うく悠紀に殴られそうになった。

『そうかコウ、とうとう生き返ったか。おしいことしたな』

その時、僕を撃った女は一生、病院で暮らすことになった。あるいは退院できるかもしれない。が、そうなればおそらく道で出会っても、彼女には僕のことがわからないだろう——彼女を診察した医者はいっていた。

「今度やられるとしたら、お前の番だよ。気のなくなった女に邪険にしてると、ある日突然、グッサリさ」

「その時はその時さ」

沢辺は苦笑した。ゴツい体の上には、意外に甘いマスクがのっている。まず、夜をひとりで過ごすことはないだろう。彼の寝室のドアに手をかける順を待つ女たちが何人いようと、僕は驚かない。

「行くか。どうも二時間もいると、こういう堅実な水商売から離れたくなってくる。うんといい加減な世界が恋しくなってきた」

沢辺が腰を上げた。

「どこに行く」

「銀座かな。今日は港区では遊ばない、って決めたのさ」

「手前側に新宿があるぜ」

「よそう。あそこは疲れる」

「新宿のどこが疲れるんだ」

「あの音、あの光、あの人通り……」

「あの若さ、がか?」

僕がまぜかえすと、沢辺は手を振った。

「ここのボトルはお前の名にしときな。俺よりは、コウの趣味に合いそうな店だぜ」

3

そして一週間後、僕はその疲れる街をひとりで歩いていた。沢辺とは夕食をとった後、渋谷のビリヤード場『R』で別れている。

頼井千恵子から聞いた清水明夫の人相は、小柄で髪にパーマをかけ、笑うと片エクボができる、といった程度のものだった。写真がない限り、有力な訊《き》きこみは期待できない。

少なくとも、彼の出身地がどこで、職歴がどの程度のものであったかぐらいは、千恵子にも知っていて欲しかった。わかっているのは、年齢と名前、せいぜいどこかの喫茶店に勤めていたことがある、といったところだ。

明日になれば、高円寺のライブハウスの前で事故死した「清水アキオ」の写真を、所轄署にもらいに行くつもりだった。千恵子のアパートをその足で訪ね、彼女にそれを見せるのだ。

もし当人ということになれば、簡単で、後味の悪い一件、に落着する。

清水明夫の死が、轢《ひ》き逃げ、というのでもない限り、犯罪がからんでいる可能性はない。僕が調査をするのは、生臭い、二本脚の人間がからむ事件だけで、彼岸《ひがん》の住人はいささか扱いかねるというものだ。

それでも新宿に向かったのは、職業意識だろう。何となく、二人が出会った場所を見ておきたかったからだった。

気になっていることがあるとすれば、千恵子が話し忘れたのではないという仮定で、清水明夫がベースを持ち、弾くという趣味を、千恵子に話していなかったという点、そして彼がひょっとすると寝ぐらを確保するために千恵子をナンパした節がある、というところだった。

後者の場合、逃亡中の犯罪者にないことではない。だが、それについても警察に行けば、はっきりする。

去年の夏以来、ディスコの営業時間への締めつけが厳しくなっている。特に夏に入り、少年課や風紀の取締りのせいで、新宿のディスコのアフターミッドナイトは潰滅《かいめつ》状態に近い。といって、客の若者が行き場をなくしたのではないことは、歌舞伎町を、駅の反対側に向かって流れるその数でわかる。

彼らを追い出すことは誰にもできない。なぜなら、彼らにとって、東京でこの街にかわる娯楽の場はどこにもないからだ。

千恵子が教えたディスコは、どこにでもある、いわば二流の店だった。特に若い敏感な年齢層が集まるわけでもなく、客のファッションを売り物にできるほど個性に富んでいるわけでもない。

個性に富んだ店は、固定ファンがつき、そのファッションが時流にのれば、はやる。そしてそのファッションがすたれるまで、連日の満員がつづく。

ひきかえ、その店のように当たり障りのない客層とサウンドを売り物にするところは、週末以外はたいてい空いている。といって、決して潰《つぶ》れることはない。ダサくても、ダサいなりに客がつくのだ。逆に考えれば、清水明夫がそこでナンパの網をはっていたとすれば、相当手慣れていたのだろう。

なぜなら、はやりの店に行く娘たちは遊び人を気どる分、簡単にはひっかからない。ナンパの網にひっかかりやすいのは、むしろ千恵子のように、生まれて初めてディスコに足を運んだ女の子たちなのだ。

真夜中まで、長針がひと巡りというあたりで、僕は店内に入った。目つきのやたら鋭いマネージャーに会い、清水明夫のことを訊《たず》ねる。

「知りませんね。いちいち客の顔を覚える余裕があるわけないでしょう」

優しい口調は、僕を、そこらのちんぴらよりは、その筋に近いと見たからだろう。病的なほど色が黒いのは、日焼けサロンのおかげだ。

去年あたりから、夏の色白が、水商売の証しではなくなってきた。むしろ、日に焼けすぎている人間の方がその可能性がある。幾らかの金を払って、紫外線ランプの壁にはさまれるその姿は、文字通りネオン焼けといったところか。

「ベースギターを弾く趣味があったそうです」

控え室の床にツバを吐き、タキシードのダークボーイは首を振った。

僕はホールの方に出ていった。ディスコでの訊《き》きこみは、これで何度目だろう。いつも耳元で怒鳴ってばかりいたような気がする。

「アキオって知らない？　背が低くてさ、ベースひく奴」

「ちょっととぼけててさ、意外に女の子に手が早いんだ。君みたいに可愛《かわい》いのは、絶対に見逃さないぜ」

「昔、喫茶店《サテン》に勤めてた奴、ほら、パーマかけて、見かけはサーファーやってたかな……」

何の手がかりもないまま、「蛍の光」に追い出された。昔は、ラストチークに抱きあって離れないふたりを、突然の照明がひきはがしたものだ。

嘘《うそ》のように明るくなった店内で、不意に夢からさまされ、それでも頰《ほお》を赤らめ手をからめるカップルがいたりした。この分では、いずれ「君が代」で閉店宣告をするディスコが出現するかもしれない。

車を駐めておいた御苑の方角に歩く途中で、尾行に気づいた。人通りがまばらな道を選び、確認した。まちがいない。

東映の黄ばんだスクリーンより、組員の姿がありふれて見える街だ。僕をつけているのは、ゴルフシャツに白のジャケットを着けた若いやくざだった。

手を出してくる様子はない。僕が車に乗りこむのを、十メートル離れたビルの軒から見送っていた。エンジンをかけ少し待ってやった。だが、あいにく空車を拾いづらいあたりだ。途方にくれたように、のびあがる様をバックミラーで見てとった。車を出すと、建物の陰から走り出た。ナンバーを見とろうと必死になっている。ライトをわざと消す意地悪も考えてはみた。

だが、やくざをからかうのは、ガラガラ蛇をかまうのと同じことだ。そのままにして走り去った。

翌日も、明けてみれば雨だった。濡《ぬ》れた衣服をまとう不快感は大気中にない。だが、冷えている。去年は、夏の盛りを、折られた腕のギプスからくる痒《かゆ》みと戦うことで過した。

今年はさむけと仲良く秋を待ちそうだ。

朝一番で、僕は青梅街道に面した杉並警察署に出かけていった。応対に出た警官はまだ若く、こちらの意図が呑《の》みこめないようだった。

「あなたはじゃあ、その亡くなった方の身許《みもと》を御存知なわけですね」

「そうではありません。あるいは今、僕が調査を依頼されている失踪人《しっそうにん》である可能性があるんです」

「で、失踪人というのは、何という方ですか」

「清水明夫」

「住所は？　職業は？」

それがわかっていればここへは来ないのだ。三十分近くの問答のすえ、彼は資料を見せる気になった。見せぬ限り、ラチがあかぬことを知るのに、それだけかかったのだ。

三週間以上前、六月の下旬にその事故は発生していた。加害者は、吉祥寺《きちじょうじ》に住む四十二歳の主婦、ゴルフ練習場からの帰り途だった。彼女のわき見運転と被害者のとび出しが原因と記載されている。

被害者の姓名は「清水アキオ」推定二十二、三歳、男性。所持品は、現金二万三千円と煙草にライターだけ。服装は、ジーンズにトレーナー、靴はスニーカーをはいていた。指紋による照合には、該当者ナシ、従って犯歴もなし、ということになる。死因は、転倒時に受けた脳挫傷《のうざしょう》。道路わきに横たわった死体の写真が一枚、添付されていた。

遺体はひきとり手のないまま保管されている。

警官と再びかけあうこと二十分、僕は遺体を正面から撮った写真を一枚借り出すことに成功した。

——本来なら確認していただく方に直接出向いていただかなくてはならないんです。

「わかっています。ですが、病気で動けないらしいので、確認の結果はすぐお知らせします」

——ではあなたの住所氏名と、その方の住所氏名をこの紙に記入して下さい。

手続きを終え、戦利品の写真を胸に、杉並署を出た。

死んだ清水アキオが、千恵子の待つ男だとすれば、僕は因果な役回りを果たすことになる。

パッキングの壊れた水道管が雲上にはある。やみそうでやまぬ雨の中を、千恵子のアパートに向かった。清水アキオの死因にも、その前歴にも、犯罪がからんでいた節はない。ならばどうして、昨夜のやくざは僕を尾《つ》けたのだろう。営業中に質問を発してまわるだけで、横町に顔を貸さねばならぬほど、あのディスコが物騒な店だったとは思えない。

千恵子の住居は、モルタル塗りの二階建てアパートだった。国鉄の駅には、ずい分離れている。

鉄製の階段を昇り、じくじくと湿った廊下を歩いた。表札のない、薄いドアがその部屋の入口だった。入口の向こうには、ふた月のぬくもりがある。少なくとも、千恵子にとっては、ぬくもりであったにちがいない。

ノックしたが応答はなかった。鍵《かぎ》はかかっている。

近くに出かけているのだろうか。早目の昼食をすませてから出直すことにした。

薄手のスイングトップの襟《えり》を立て、階段を降りた。車を駐めたのは、アパートのある小路につながった商店街のはじだ。

黒のカマロが僕の尻《しり》に鼻先を押しつけていた。近づいてゆくと、運転席のドアが開いて男がひとりおりた。黒のシャツ、黒のスラックスに、淡い色の皮のブルゾンを羽織っている。皮のブルゾンが、それほど馬鹿げて見えない気候であることは確かだ。正午の気温が十七度しかない七月土用なのだから。

黒が好きな男だ。髪も黒、おまけに黒のレイバン、鼻の下にたくわえたヒゲも黒。肌はそれほど黒くない、むしろ、青白い生気のない色だ。

彼を水商売と見まちがえはしない。他のどの商売とも見まちがえはしない。

開いたドアによりかかり、僕をサングラスの奥からにらんでいた。

五メートルにまで間隔が狭まると、男が左手を背後に回した。続いて、閃《ひらめ》くようにその手がつき出された。

バサッという音に、僕は反射的に首を反らせた。男の手元で、蝙蝠《こうもり》が羽ばたいた。

「つきあってくれ、な」

男がいって、歯をむいた。

4

固い木の椅子《いす》しかない、小さな喫茶店に僕らは入った。男はモカマタリ、僕がアイスコーヒーを頼んだ。

向かいあい、男はしばらく何もいわなかった。ブルゾンのポケットから、モアのメンソールを出し、磨いた爪先《つまさき》でトンとパッケージの尻を弾いた。仕掛けのようにとびだした煙草に、黒い漆塗りのダンヒルで着火する。

「人ちがいしているよ、あんた」

最初の煙を吐いて男がいった。

「あんたが昨日、新宿で捜していた若いのは、清水なんて名前じゃない。西《にし》ってのさ。西アキオ、知ってんだろ」

「僕は何も知らないんだ。あんたの名も、その若いのの顔もね」

ヒゲがアコーディオンのように折り畳まれた。やけに白い、磁器製の歯が笑った。

「いうね」

空いている隣の椅子の背に右肩をのせ、葉巻のように、ぷうっと煙を吐いた。

「どっから来たんだい、西か?」

「虎ノ門」

「東か」

「二十三区内」

「嘘だろう。本当は神戸だろうが」

「車をぴったり寄せすぎたんだね。もう少し離せば練馬ナンバーが見えたのに」

「車の運転がうますぎるのが、俺の欠点なんだ。『東名高速に死す』ってね。小説にあったな。あれぁ面白かった」

「神戸出身じゃなけりゃデートに誘った意味がない？」

「いんや」

穏やかに男はいった。

「あんたは新宿から来た。カマロは練馬ナンバーだし、きのう僕をつけていた若い衆は、あんたの後輩だ」

「よくわかってる」

男は頷《うなず》いた。

「でも僕を同業者と見たあんたの目は狂ってる。僕は法律事務所につとめてる失踪人調査士だ」

「ようくわかってる。名前は佐久間ってんだろ」

男がサングラスを外して、ブルゾンのポケットにきちんとおさめた。冷たく乾いた眼が僕の顔を素通りした。

「からかっただけだ。西アキオは、俺のところの使い走りでね。三月《みつき》前から行方知れずになってるんだ。どこにいるかわかったら知らせてもらえないか」

「残念ながら。別にからかわれたのが気にいらないっていう理由じゃない」

「そうかい。そいつは困ったな。もし教えてくれりゃ少しは小遣いになると思ったんだがね」

「金持の彼女がいるんだ。人捜しは趣味」

「しゃあないな。じゃあ、あんたが今行ったアパートの住人にでも訊《き》いてみるか」

「留守だった」

「一生、留守ってこともあるまい」

「あそこにはいないよ」

「じゃあどこにいる？」

「どうして捜しているか教えてくれたら――」

男は首を振った。僕は訊《たず》ねた。

「あんたの名は？」

「岩本《いわもと》。岩本興業の岩本」

「代表取締役というわけ」

「の、息子《むすこ》さ。とんびの鷹《たか》でね」

岩本はにやっと笑った。

僕はスイングトップから写真を出した。千恵子のかわりに彼に確認してもらおう。岩本が手をのばしたコーヒーカップに蓋《ふた》をするようにのせた。

岩本の手が止まった。表情がはげ落ちるようにこわばった。

ゆっくりと写真をとり上げ、僕に返してよこした。

「なるほど。俺はどじを踏んだわけだ」

「杉並署に行けば、彼に会わせてくれる。少なくとも遺体のところまで連れてってくれる」

「そのまま帰っちゃこれない、というわけか。あんた、ずいぶんとぼけがうまいぜ。全部知ってて、俺のデートに誘われたな」

岩本の目が細まり、怒気をおびた。静かにいった。

「いつもそうやってサツとつるんでるのかよ。マイク、どこに仕掛けたんだ。その洒落《しやれ》たポロシャツの内側かい」

「空オケは好きじゃないんだ」

「度胸がいいな。だがいっとくぞ。俺をパクる証拠はまだ何もないんだ。それより、これからは新宿を気をつけて歩きな。虎ノ門も、四谷も、だ」

歯の間からすっと煙を吐いた。そのまま立ち上がる。かがみこんで、僕の目をにらんだ。

「これから、これからだ。佐久間さん」

背すじをのばしてサングラスをかけた。振り向きもせずに店を出て行く。

僕は黙ってそれを見送った。何ともうっとうしい気分だった。どこかで台本が狂ったのだ。それも、ひどく。

二時間ほど、僕は千恵子を待った。だが彼女が帰ってくる気配はない。千恵子の部屋の右隣は空きで、左隣は留守だった。

『蒼峰』まで連絡をくれるよう記したメモを、ドアに貼《は》りつけ、僕はその場を離れた。

コーヒータイムだというのに、『蒼峰』は混んでいた。前回の「カシュウナッツ」とはうってかわった客の入りようだ。ステージにもっとも遠い、カウンターの端に空間を見つけてわりこんだ。メニューを眺め、ライトビールを注文することにした。

ステージには、背が高い明るい色の髪をした女がすわっている。マイクとアコースティックギターが一本ずつ。

彼女の歌声を聞いているうちに、今日が土曜日であることに僕は気づいた。昼間から演奏が行われているわけだ。

ライトビールをゆっくり飲みながら、『蒼峰』のスターを観察した。色が浅黒く、彫りが深い。ハーフであることはすぐにわかった。日本語の歌詞は滑らかに彼女の口を衝いて出、わずかにハスキーで甘い。大部分に、暖かみと抑制のきいた色気があった。木綿のたっぷりしたスカートに、淡い黄のブラウスをまとっている。

島津《しまづ》なつみ、というのが彼女の名らしい。曲の合い間に入る喋《しゃべ》りも、厭《いや》みがなかった。気どらずに、すぐそこにいる友人に話しかけるように語っている。

「……最近、『蒼峰』も有名になりました。ミュージシャン——ベーシストの幽霊が出ます。私は見たことがないのですが、できれば一度、会ってみたいと思っています。レコーディングを手伝ってもらっても、ギャラを払う必要がないから、なんてせこいかな」

まばらな笑声がもれた。

何かを感じさせる女だった。年はさほど僕とちがわないだろう。全体の曲作りはサンバやボサノバ調のものが多い。中には、オリジナルではなく、スタンダードとして有名な「コルコバード」や「ワンノートサンバ」があった。が、歌詞は訳詞ではなく、自作のものをあてがっているようだ。

岩本の脅しや、街の湿りが遠のくのを感じた。ライトビールではなく、オンザロックを飲みたくなった。それも、彼女と二人きりで。

午後六時に彼女のステージが終わった。客の大半は、彼女の歌が目当てだったようだ。波がひくように、店の中は静かになった。マスターがカセットデッキにテープを入れると、さほど大きくないボリュームでニーナ・シモンが流れ出した。

カウンターの内側に戻ったマスターを相手に、仕事に戻った。

「実はマスターにお話をうかがおうと思って来たんだ」

話しかけた。

「法律事務所の者なんだけど、例の幽霊のことで……」

マスターは瞬《まばた》きをして、僕の隣に腰をおろした。僕を覚えていたようだ。

「何か――」

「どんな人でした、率直にいって」

視界の隅に島津なつみの姿が入った。控え室からギターケースを手に出てきたのだ。

無言で、マスターのふたつ隣のストゥールに腰をおろした。

「どんな人って、普通の若い人、かな。ちょっと暗い感じで」

「何か恐がっているような様子はありませんでしたか」

「さあ、恐がってるっていわれても……」

「たとえば、いつもひとりでいたわけでしょ。入ってくる客の顔をいちいち気にしたり、とか」

「そう……。初めのうちは待ち合わせかなって思ったことは確かですよ。ひとりのお客さんが珍しい、って店じゃないんですが、そういえば何か入口の方、よく気にしてた」

「いつもどのあたりにすわってました」

「あそこら辺かな」

店を見渡す位置で、しかも目立たぬ席だ。

「この店にやくざが来ることを気にしたりは？」

「うーん。ああいう人たちを好きだっていうのは少ないからな。別にそんな様子はなかったね」

「初めて来たのはいつ頃です？」

「ひと月ちょっと前だと思います。昼間ふらっと入ってきて、ひとりで雑誌なんか読んでましたね」

「誰かと来たことは？」

「いや、必ずひとりでした。たまに音楽の話すると、結構詳しくてね。でも自分でも弾くってのは、亡くなった日までいわなかったな。隠していたみたい」

「じゃあどうして、その時はいったんでしょう」

「いや、うちのレギュラーバンドの連中がここで練習してて、困った困った、っていってたんです。ここからあちこちに連絡して代役を捜してたんですが、どうしても見つからなくて。その時やっぱりひとりで見えていて、ここにすわってたんですが、急に我慢できないって感じで話しかけてきたんですよ。『俺でよかったら』って」

「腕の方はどうでした」

「なれてましたね」

あっさりマスターは認めた。

「ひとりで趣味でやっていたというより、どっかのグループにいた感じですよ。メチャクチャにうまいって印象はうけなかったけど、そんなにうまければプロになってるでしょうし。まあセミプロ級かな。譬《たと》えは悪いけど」

「名乗ったのはそのとき？」

「ええ、そのバンドのリーダーが紹介のときにいわなきゃならないからって訊《き》いたら、少し黙ってましてね、シミズ、シミズアキオって答えたんです」

「じゃあ、あまり話したことはないわけですね」

「ええ」

「西アキオって御存知ですか？」

「いいえ？」

マスターが首を振った。横あいから、突然島津なつみが口をはさんだ。

「知っています、私」

5

「何者だったんです、彼は？」

「西くんが幽霊の正体なんですか」

島津なつみは、まっすぐ僕を見つめた。

「多分」

僕は頷《うなず》いた。

「そう、やっぱり彼だったんですか。お話うかがってて、ひょっとしたらと思ったんですけど」

「僕の名は佐久間といいます。法律事務所の失踪人調査課につとめてるんです。それに今日、あなたのファンをひとり増やした」

なつみは小さな笑みを見せた。

「ありがとう。よかったらふたりでお話ししたいのですけど」

ふたりで？ と訊き返したりはしなかった。僕はさっさと立ち上がった。

「もしお帰りなら送りましょう。お話は車の中でうかがえます」

「じゃあ、そうさせて頂きます。家は大田区なんです」

なつみはギターケースをとりあげた。

表に出ると、千恵子にあてたメモのことを思い出した。が、それもどうでもいい気分になっていた。

彼女と話したい、と思った。

車にのりこむと、訊《たず》ねた。

「どちらへ」

「田園調布です」

イグニションをまわすと、差しこんだままになっていたジョージ・ベンソンのテープが回った。なつみがいった。

「あら、新しいアルバム」

「ええ。彼とはどういう知りあいだったんです？」

「それをお話しする前に、彼、何をしたんですか」

彼女は真横から僕を見つめた。前を向いて運転するのが難しい。

「何も。ただ居なくなっただけです。捜すのを依頼されたのが僕で」

「あの、こんなこと訊いていいのかしら。頼んだのはどなた？」

「頼井さん、という人です」

やくざには話さない。魅力ある歌をうたう女性には話す。いつか、口の軽い探偵と呼ばれるだろう。

「そう」

なつみは頷いただけだった。そして、僕が訊ねるまでもなく、話し始めた。

西アキオとは二年前、つきあっていた。彼女のために曲を書いてくれたこともある。気さくだが、手の早いプレイボーイで、そんなところも嫌いではなかった。

「つきあった、というか、一緒に住んでたんです」

その頃彼は、渋谷のディスコに出演していた。その時のバンドは解散してしまっている。仕事がなくなると、あちこちでバイトをしていた。なつみはその間、銀座のクラブで、酔客の歌にあわせてギターを弾いた。

「帰りが遅くなることがあって、それで喧嘩《けんか》しました。彼出てっちゃって、一年以上会っていなかったんです」

「悪い連中とのつきあいはありませんでしたか」

なつみは頷いた。

「風の便りで聞きました。再編成したバンドでディスコに出てる時に、暴力団とつきあいができたらしい、って」

「どんなつきあいだったかは？」

なつみは首を振った。

「今日、『蒼峰』へ行く前に、依頼人のアパートを訪ねたんです。彼女はいませんでしたが——」

しまった、と思った。かまわず続けた。

「帰りにやくざが話しかけてきました。彼の行方を捜していて、彼が死んでいたことを知るとアセっていましたよ。僕を警察のスパイだと思いこんだようです」

依頼人が女であることを知っても、なつみの表情は変わらなかった。

「一体、彼は何をしていたんだろう……」

岩本が西アキオを追っていたことは確かだ。しかも、犯罪にしっかりとからんだ理由で。さもなければ、囮《おとり》捜査の疑いを僕に対して抱くはずはない。

「……私にはわかりません」

「今でも彼のことが好きなんですか」

驚いたように僕を見つめた。雨のせいにちがいない、不意に言葉が僕の口をすべった。

「だとしたら、幽霊にやける」

怒るだろうか。その瞬間は、フロントグラスではなく彼女の顔に意識を集中した。

微笑が浮かんだ。

「調査の最中に会った女《ひと》をいつもそうやって口説くの？」

「口説かれることはあるけど、口説いたことはまだない」

含み笑いがセクシーだった。笑い声がやむと静かになった。前を黙って見つめている。

彼女と同じ光景を眺めることにした。

しばらくすると彼女がいった。

「アキオは優しい男の子だったわ。優しくて、気どらないの」

「遊び好き？」

「遊びが嫌いな人間なんている？」

「……いない」

だが犯罪になる遊びは別だ。

彼女の住居は、古びてはいるが西欧風の垢《あか》ぬけしたアパートだった。彼女をおろし、訊ねた。

「今度のステージはいつ？」

なつみは笑みを浮かべたまま首を振った。

「しばらく充電するの」

「じゃあ君の歌が聞きたくなったらどうすればいい？」

「ここに来て。歌うわ」

「ありがとう。くたびれたら、来るよ」

暖かいものを感じながら車首を巡らせた。

ギターケースを提げて、建物の入口に佇《たたず》むその姿が見えなくなるまで、僕はルームミラーから目を離せずにいた。

上荻に戻ったのは九時近くだった。昼の場所に車を駐め、千恵子のアパートまで歩いた。階段を昇り、ドアをノックする。メモは消えていた。

扉が内側に開いた。出てきたのは男だった。四十二、三、岩本の同業者だ。光沢のあるグレイのスーツを着ていた。パンチパーマをかけた髪は短い。

六畳ほどの小さな部屋が、そこだけ大地震に襲われたような状態になっている。中にはあとふたりの男がいた。

男はいやな目つきでじっと僕を見つめた。

「あんたかい、佐久間って探偵は」

「ここで何をしてる――」

男の手が上着の内側にすべり、ひょっと拳銃をつかみ出した。

「入んな」

首を内側に傾けた。

僕が中に入ると、男はドアに錠をおろした。

「すわれよ」

布団や洋服が散乱した床に顎《あご》をしゃくった。中にいたふたりのうちのひとりが、ちゃぶ台の上に腰をおろし、煙草をくわえた。中のふたりもスーツにネクタイをしめている。両手に軍手をはめていた。

最初の男が小柄なのに比べると、中のふたりは大きかった。その分、年も若い。ひとりはボクサーあがりのようだ。スポーツ刈りで、細くムダのない体つきをしている。もうひとりは、布団を切り裂くのに使った包丁を手にしたままだ。

拳銃を手にした男は僕の向かいにアグラをかいた。銃口は僕の方を狙《ねら》っている。

「西はここに住んでいたんだろう。女はどこだ?」

男は低い声で訊ねた。

「あんた違は何者だ」

「答えな。俺は岩本とちがってキツいぜ」

「知ってたらここには来ない」

「そうか。ものはどこにある?」

「………」

僕の顔をちらりと見て、懐から煙草を取り出した。左手でふり出し、くわえると同じ手で火をつけふかした。

「サツの手先か。それにしちゃ騒ぎにならなかったな。ん?」

「何のことか、僕にはわからないね」

「そうかい？」

煙草を僕の左腕に押しつけた。僕は呻《うめ》いてそれを振り払った。火の粉が飛んだ。次の瞬間、背後にいた男たちにはがいじめにされた。男が顔をつきつけた。

「悪いことしたな。熱かったろう。俺はよ、お前みたいなチンピラが大嫌いなんだよ。嬉《うれ》しそうにサツの尻馬《しりうま》にのって、いい気になってるチンピラがよ」

強烈なバックハンドで頬《ほお》を殴られた。口の中いっぱいに血の味が広がった。

「気どってるとよ、泣くぜ。たとえお前がサツのイヌでも、殺《と》るのは簡単なんだよ。うちには入りたがっているのが、いくらでもいるんだ。わかるだろ、飯の心配をしなくていいからな」

薄ら笑いを浮かべ、僕の髪をつかんだ。仰むかせ、拳銃をベルトにはさむ。のばした右手に包丁が渡された。

「鼻、削いでやろうか。男前になるぜ」

刃先が頬に冷たかった。

「どこにあるんだよ。まさか、お前もアキオみたいに、ひとりでいい思いをしようってんじゃねえだろうな」

「僕は知らない」

「じゃ捜せよ。ここにはねえな。明日一日やる。サツに駆けこむんじゃないぞ。駆けこんだら、お陀仏《だぶつ》だぜ」

包丁がすっとひかれた。頬にチクリとした痛みを感じ、両腕が自由になった。

「お前がタレこんだところで、俺は一年も入っちゃいない。その間もお前はどこにも逃げ場がないんだ。並みの連中と俺を一緒にするなよ」

立ち上がった男が、せせら笑うようにいった。

「さっさと見つけて、モノを俺たちに渡すんだ。死ぬ時だって楽じゃないぞ。のたうちまわらせてやる。いいな」

「待った、何を捜せばいいんだ」

「ふざけるなよ。アキオが岩本のところからうちに運ぶ途中でギッたコナだよ。わかってるんだろうが」

そうだったのか。アキオは麻薬の運び屋をしていたのだ。

「いいか、明日一日だ。お前の名前も、住んでるところも、こちらにはわかってる。どこにも逃げられやしないんだ」

背中をつつかれた。立てという意味らしい。立ち上がると、いきなり後頭部に凄《すご》い衝撃がきた。膝が崩れるのを、誰かが受けとめた。

それきり、何も見えなくなった。

6

電球がまぶしかった。吐き気とひどい頭痛だ。目を閉じると、世界がうねった。立とうとした。膝に力が入らない。まるで壊れた人形だ。

岩本の警告は速効性があったわけだ。受けたその晩に、僕はこうして頭を腫《は》らし、顔を血まみれにしている。頬に触れるとカサブタができていた。

部屋の中はすべてがひっくりかえっていた。ひき出しは空で、タンスは開け放たれている。畳のへりが浮きあがっているところを見ると、連中は、一枚一枚起こして調べたにちがいない。散乱しているガラクタの中で一番大きくて壊れているのが僕だ。

目を開くのに苦労した。

あの男たちは岩本の手下ではない。どうやら取引相手のようだ。西アキオは、彼らが受け取るはずだった麻薬を持ち逃げした。そしてほとぼりがさめるまで、清水と偽名を使い、ディスコでナンパした女、千恵子のもとに隠れていたのだ。おそらく、時間がたつのを待って、品物をさばき外国にでも逃げ出すつもりだったのだろう。ところが交通事故にあい、その夢は消えた。

持ち逃げした麻薬も空中に浮かんだわけだ。そこに、憐れな失踪人調査士が登場する。

何も知らずに、アキオの被害者となったヤクザたちの縄張りを嗅《か》ぎまわっていたのだ。彼らはそれがアキオのことだとすぐに気づいたにちがいない。尾行がつき、挙句はこの有様だ。

千恵子の部屋を這うようにして出ると、階段を下った。外に出たところで、ひどい吐き気がこみあげて、もどしてしまった。

島津なつみの笑顔や歌は、太古の昔の出来事だ。現代は、いつどこで災厄が待ちうけているかわからない。

アパートの前に車が一台駐まっていた。車検を一年に一度受けなければすまぬような古いスカイラークだ。男がひとり乗っていて、無言でこちらを眺めている。僕が電信柱と抱きあっても素知らぬ風を装っていた。

無論、あの男の手下にちがいない。千恵子を見張るために、抜け目なく張りこませているのだ。岩本は、自分の面子《メンツ》回復をはかって、僕と千恵子のことを、あの男に知らせたのだろう。

三カ月も前の持ち逃げ事件だ。なのに、なんてことだ。

車に辿《たど》りつくと、運転席に這いこんだ。運転しようという気力はポケットのどこを捜してもなかった。胸のあたりは、猛烈な怒りが渦まいている。だがあいにく、近頃のポロシャツには胸ポケットがない。

あの男も手下も、何といおうと刑務所に叩《たた》きこんでやる。一生出てこられないような罪をくりつけて、放りこんでやる。

心に誓い、再び意識を失くした。

エンジンの吹かしで目がさめた。

アメ車の音だ。目を開くと練馬ナンバーのカマロの尻が見えた。

もう明るくなっている。雨はやんでいたが、空は暗かった。ひどく冷えこんでいて、吐き気がおさまったかわりに、寒けがした。

岩本が降りたち、フロントグラスを拳で叩いた。十二時間のあいだに、三度もやくざと言葉をかわす元気はなかった。

窓をおろすといった。

「取引相手にいった通り、僕は何も知らないんだ」

「わかってる。大分、痛めつけられたようだな」

岩本はかんでいたガムを吐き捨てていった。

「このぐらいのことは前にもあった。撃たれたこともあるしね」

誓いのことはいわずにおいた。果たす前に殺される可能性がある。

「気が短い男でな。別に奴が、一文も損したわけじゃないんだが」

岩本は顔をしかめた。

「あんたがサツのイヌじゃないらしいことがわかったんで、あやまりに来たんだよ。あんたの家に電話したが、誰もいない。そこでここじゃないかと思ってな」

「もう少し早く来れば、這いつくばっているところが見られたのに」

「そういうな。まさか奴が動くとは思わなかった。見つけたところで、あのコナは奴のものじゃないんだ。金を払うまでは、うちのなんだ」

うちという言葉に、昨夜のあの男を思い出した。僕は目を閉じた。

「吸うかい？」

岩本がモアの箱をサイドウインドウからつき出した。一本抜くと、ライターがさし出された。

「どうして僕が警察とつるんでいないと？」

「知りたいか」

「知りたい」

岩本はすぐには答えなかった。

「冷えるな」

と呟《つぶや》いて助手席を見つめた。僕は助手席のロックを解いた。乗りこんでくると、フロントパネルを見つめる。呟いた。

「国産もずいぶん良くなったもんだな」

それから自分も煙草を抜いた。あいかわらず、葉巻のように煙を吹かした。

「きのうの晩、うちの事務所に連絡が入った。どうやらアキオが持ち逃げしたコナを売りに出している人間がいるらしい」

「囮《おとり》捜査かもしれない」

「サツやマトリは、そんな危い橋は渡らねえよ。ＦＢＩとちがって、日本は法律がうるさいからな」

「じゃあ誰かが、彼の持ち逃げした麻薬を見つけて猫ババしたわけだ」

「そういうこったな。あんたを昨夜痛めつけたのは、畑野《はたの》って男だが、奴の組じゃ安く買い叩くつもりらしい」

「あんたはどうなんだ」

「そうだな……」

岩本は黙った。元々は自分の持物だったのだ。黙っているとは考えにくい。

「一度アヤがついた代物だからな。売りに出している人間がわかれば取り上げて、シメあげるんだが……」

千恵子だろうか。そんなはずはない。だが、彼女はどこにいったのか。

「彼女を連れ出したのは、あんたなのか」

「彼女？　ああアキオの女か。いや俺は知らんな。斬ったはったは、あまり好きじゃないんだ」

「畑野はちがうようだね」

「あれは、元々、斬《き》り込み隊長だった男だからな。何だってやる。今どき、悧口《りこう》な生き方じゃないやな」

「依頼人だったんだ。彼が死んだことを知らずに、捜してくれと僕の事務所に来たんだ」

「かわいそうにな」

岩本は顔をしかめた。昨夜のあとでは、同じやくざでも天使のように見えた。

畑野が千恵子を連れ出したのではないことはわかっている。そうならば、僕に彼女の居場所を訊《たず》ねない。

麻薬を売りに出したのは誰だろう。

「その人間は、どうやって売り出したんだ？」

「電話だよ。俺が受けたわけじゃねえが、あちこちの組に電話があったらしい。上物を一キロ、買う気はないかってな」

一キロ——ヘロインなら末端価格は十億だ。

「だけど、どうしてそんな大量の麻薬をアキオは持ち逃げできたんだろう」

「理由はふたつある。俺は奴に、色々な品を運ばせたが、コナを運ばせたことはなかったし、何を運んでいるかはアキオに教えてなかった。もうひとつ、奴にはちゃんと見張りをつけていた。だが、アキオはそいつを新宿の西口でまいちまったんだ」

岩本はバツが悪そうな顔でいった。

「売りに出した人間についてはどう思う?」

「素人《しろうと》だね。あちこちの事務所に電話をして、値をつけさせ、売る気らしいが、モノも確かめねえで買うバカはいないぜ」

「あんたは買う気なのか」

「さあな」

「畑野が買うようだね」

「奴なら買うどころか、脅しとるだろう。相手が素人なら」

「何もかも話すところを見ると、買う気はないようだね」

僕は岩本を見た。岩本はとぼけた顔をしている。

「うちは、あのコナを仕入れるのに遣《つか》った金を、確かに回収できなかった。親父なんざ、かんかんさ。だけどな、もう少し俺は悧口になることにしたんだ」

「というと?」

「畑野のところとうちは、確かに取引があるが、奴が潰《つぶ》れても別に困るってことはないんだ」

頭のいい男だ。畑野を潰して、利益を増やすことを考えている。

たとえば、もし僕が、畑野とその売り手との取引のことを知って警察に知らせたとする。畑野は、長い時間を監獄で過すことになるだろう。その間、岩本興業は、畑野の縄張りから甘い汁を吸いあげることができるわけだ。しかも西アキオが死んでしまっている以上、あの麻薬と岩本をつなぐ線はない。

「畑野は少し暴れすぎたんだよ。迷惑をうけてる人間がたくさんいるんだな」

岩本はいった。

「僕を使って畑野を潰せば、災厄の種を福の種に転換できるって寸法か。たとえ麻薬を警察に押収されても、モトがとれてしかもお釣りがくる」

「俺は何もいわんぜ。だがあんたなら、アキオのコナを持っている奴が誰なのか、簡単につきとめられるはずだ」

岩本はにやりと笑った。やくざに利用されるのは癪《しやく》だが、そのためにあの畑野を牢《ろう》屋《や》に送ることができるというのは、大きな誘惑だった。

「取引現場を押さえこまれりゃ、奴もお礼参りのしようがあるまい」

誘惑には勝てそうもなかった。

7

西アキオの潜伏中の足取りは大体摑《つか》めている。近所のパチンコ屋、喫茶店、『蒼峰』ぐらいのものだ。一体、アキオはどこに麻薬を隠していたのだろうか。

千恵子との連絡はどうしてもつかなかった。岩本と別れ、再びアパートを訪ねたが、見張りの車も千恵子の姿もなかった。見張りが消えたのは、畑野が、売り主のことを知ったからにちがいない。岩本の話では、一、二日中には、畑野は売り主に接触するというのだ。

千恵子のアパートから、僕は痛む頭と体に鞭《むち》を打って桜田門まで車を走らせた。

警視庁捜査一課の皆川課長補佐とはつきあいがある。彼のために殺人の犯人を提供したことは二度あった。そして彼は以前、四課にいて暴力団を相手にしていた。

一階のロビーで待ち合わせ、喫茶店に入ると皆川課長補佐は僕の顔を見ていった。

「あいかわらず危い目にあっているようだな。先日は命を落としかけたと聞いたが」

色白で優しい表情を浮かべる「ナイスミドル」である。彼の四課時代の仇名《あだな》が「鬼の皆チョウ」であったことを知ったのは最近だ。

「畑野というやくざを知っていますか」

「畑野英光《ひでみつ》かね」

「年は四十二、三、小柄でやたら凄《すご》む癖があります」

「そうだ。東和連合の斬《き》り込み隊長をしていて、十四、五年前に浅草で事務所を構えた。殺人の前科もある」

「彼をしばらく牢屋《ろうや》に放りこむ情報があるといったら、のりますか？」

皆川課長補佐は澄ました顔で咳払《せきばら》いした。

「何でも注文してくれたまえ。ここは桜田門の奢《おご》りだ」

「畑野に麻薬を売りつけようとしている人間がいるんです。量は一キロ、まだ何者かはわかりませんが、やくざじゃないことは確かです」

「取引の時間と場所は？」

「それはまだ。ただ、売り主さえ見つければその人間をマークすることによって摑めます」

「なるほど。でもなぜそんな情報が手に入ったのだ？」

僕は皆川課長に話した。話し終えると、課長は頷《うなず》いていった。

「そうか、それで謎《なぞ》が解けたな。四月の話だが、岩本興業と、畑野の組である東亜英光会が、やけに慌しい動きを見せたことがある。四課では、抗争事件に発展するのじゃないかと神経を尖《とが》らせたらしいが、結局、ヤクの末端価格が上がるというおマケで終わった。ふたつの組の動きは、その西アキオという運び屋を捜すためだったんだな」

「アキオのもくろみは、うまくいきかけていたんです。偽名を使い、新しい女の部屋に身を隠していたのでね。ところが音楽好きの虫には勝てず、ライブハウスに通うようになった。そこで観客だけでいればよかったのに、演奏したい、という欲望に負けたのが、彼の運を変えたわけです」

「なるほど。で、その頼井という女性は何も知らなかったのかね」

「多分。確かめる術がないんです。ですが彼女は、アキオがベースを弾くことすら知らなかったようです」

「ほう、それは面白いね」

「ギターケースにも気づかなかったんですね」

「その彼女が行方不明というのは気になるな」

「岩本や畑野がさらったのでないことは確かなようです。どうやら岩本はこの一件では極力、手を汚すのを避けているようです」

「あの男は頭がいいんだ。畑野とちがって、絶対に自分では危い橋は渡らん。それにひきかえ畑野は、若い者に焼きを入れるときですら、自分が率先しなければ気がすまんたちなんだ。おそらく取引の現場に現われるだろう」

「じゃあ、僕のいう人物をマークしてもらえますか」

「心当たりがあるのかね」

皆川課長補佐と話している間に、アキオの麻薬を猫ババした人間が誰だか、気づいた。他には考えられない。アキオが麻薬を隠していた場所に気づけば、簡単なことだった。

二日後の夕方、事務所の僕に皆川課長補佐から連絡が入った。

「畑野が動き出しそうだ。四課と麻薬取締官が合同で尾行している」

「例の人物はどうです？」

「君のいった通りだ、新宿に向かっている。そちらにも尾行がついている。もし様子を知りたいなら、四課の斎藤《さいとう》という警部に会ってくれ。西口のロータリーで君をピックアップするようにいっておく。四課の調べでは、新宿のPホテルで会う予定らしい。現場に踏みこむまでには間にあうだろう」

「ありがとうございました」

「なに、これぐらいの礼はせんとな」

電話を切り、新宿まで猛スピードで車をとばした。洒落《しゃれ》じゃないが畑野の手に手錠がはまる瞬間を、何としても見逃す手はない。

西口ロータリーで覆面パトカーに乗った斎藤警部と会った。背が高く、いかにも四課といったごつい刑事だ。皆川課長補佐が四課にいた頃、一、二度顔を合わせたことがあり、僕を知っていた。

「あなたの方からは畑野が見えて、彼からは見えない位置を考えます。何せああいう男ですから、ム所の中からでもあなたを殺せという指令を出しかねませんからな」

ホテルに向かう車中で斎藤警部はいった。途中で無線が入った。売り主と覚しき人物がPホテルに入ったというのだ。

ホテルに到着すると、用意された部屋に入った。中には拳銃を携行した刑事たちが、緊張した表情で待機していた。

中央のテーブルではテープレコーダーが回り、ヘッドセットをつけた麻薬取締官が息を殺して耳を傾けている。

僕はベッドに腰をおろして待った。

千恵子とはずっと連絡がついていなかった。まったくアパートに帰った様子はない。畑野の逮捕劇が終わったら、もう一度上荻に出かけてみるつもりだった。

高層ビルの向こう側の空が赤く色を変えていた。思ったより早く梅雨《つゆ》が終わるかもしれない。

ヘッドセットをつけた取締官が顔を上げた。

「今、取引が完了した。どうやら畑野は、相手を連れ出して殺す気らしい」

「よし、行こう！」

取引が行われていたのは下の部屋だったようだ。僕はいった。

「僕も行きましょう」

「しかし――」

「大丈夫です。邪魔はしません」

「わかりました」

刑事や麻薬取締官にまじって非常階段を降りた。先頭にマスターキイを持ったボーイ服の取締官が立っている。

部屋の前に足音を殺して集結した。

「拳銃」

小声で斎藤警部がいい、全員が拳銃を抜いた。僕は彼らの背後に立った。

斎藤警部が頷くと、ボーイ服の麻薬取締官がキイをさしこんだ。次の瞬間、大きくドアを開き、なだれこむ。

「そのまま!」

斎藤警部が怒鳴った。

部屋の中には四人の男たちがいた。ひとりが畑野で、中央の眼鏡の男――『蒼峰』のマスターに銃をつきつけている。

反射的に、畑野が動いた。拳銃の銃口が、『蒼峰』のマスターから刑事たちに向けられた。

一斉に、銃声が弾けた。

畑野がセンターテーブルをはねとばして床に倒れこんだ。茶の薄いバッグが床に落ちる。

残りの三人が、両手を掲げた。

「救急車」

警部が短く命じて、銃を腰のホルスターにおさめた。かがんで、畑野の頸《けい》動脈に手を当てる。続いて、上衣から手袋を出し、はめた手でバッグを開いた。

淡いブルーのビニール袋に詰まった白い粉があった。

「これで命をとりとめたとしても、畑野は終わりだな」

斎藤警部はいった。

「よし、麻薬不法所持、並びに銃刀法違反の現行犯逮捕だ」

『蒼峰』のマスターが、血に染まった畑野を瞠いた目で見つめていた。

やがて唇を震わせて目を上げ、僕に気づいた。

「アキオのベースギターのケースに麻薬が隠されていた。そうでしょう」

僕はいった。マスターは頷いた。

「ケ、ケースの蓋《ふた》に隠しポケットがあった。普通なら気がつかないが、ぼ、僕は見慣れているので、すぐおかしい、と思ったんだ」

「ほとぼりがさめてから処分するつもりだったのが、幽霊騒ぎに加えて、僕が現われたものだから、恐くなったんですね。あわてて処分しようとしたんだ」

「そうです。本当に、最初は供養のつもりだったんだ。前にも、黒人の知ってるジャズメンが射ってるのを見たことがあったし、すぐにわかった。だけど、アメ、アメリカ人の連中にコネをつける前にあなたが来た。だから早く、金に換えてしまおうと思ったんだ」

ドアが開き、救急隊員が駆けこんできた。

かがみこんで、畑野の脈をとった。見おろす刑事たちに告げた。

「死亡しています」

上荻に辿《たど》りついた時は午後十時をまわっていた。疲れきっていて、階段を昇るのも苦痛だった。

アキオがそれほど好きなベースギターのことを千恵子に話していなかったという点で、僕は麻薬のありかを知ったのだ。そうなれば、『蒼峰』のマスターに考えが到達するのは簡単だった。

結局、得をしたのは岩本ひとりらしい。

廊下はあいかわらず濡《ぬ》れていた。

部屋の前に立つと灯りがつき、ドアが細めに開いていることに気がついた。

またやくざが家捜しを行っているのではあるまいな——そう思いながらドアをノックした。

開いたのは女だった。三十近く、千恵子に似て色が白い。

「はい」

彼女の背後に、集められたゴミと荷造りされた家財道具が見えた。

「早川法律事務所の佐久間といいます。頼井千恵子さんにお会いしたいのですが——」

「は？」

不審そうに眉をひそめた。

「あの、私、千恵子の姉ですが何か」

「申しわけありませんが、千恵子さん御本人とお話をしなくてはならないのです」

「………………」

彼女の眼の下に隈《くま》ができている。

「千恵子は亡くなりました。四日前が初七日でした」

その瞬間、何と返事をしたかわからない。多分、あっけにとられて、彼女を見つめていたろう。

「どちらで……？」

「北海道の病院です。お恥ずかしい話ですが、妊娠しておりまして、胎盤の早期剝離《はくり》と出血多量が原因で……。実は私、看護婦をいたしておりました。その病院で」

「そう、ですか」

十一日前。千恵子が東京に戻ったと僕に告げた日だ。

「あの何か、生前御迷惑を？」

「いえ、そういうことならば結構です」

「でも――」

「千恵子さんにとって、決して不名誉なお話ではありませんでしたから」

踵《きびす》を返した。まさか調査料を請求するわけにもいかない。

車に乗りこみ思案した。まっすぐ部屋に帰っても、眠れぬ夜が待っていそうだ。決心するのに時間はかからなかった。イグニションを回し、田園調布に向かった。大して遠い道のりにならぬことはわかっていた。

ダックのルール

1

階段を降りていくと、「クライ・ミー・ア・リヴァー」が聞こえた。僕が生まれた年か、その少し後に流行《はや》った曲だ。

木の扉があって、手をかけた途端に曲が終わった。扉は、勿体《もったい》をつけるように軋《きし》みをたてて開いた。暗いビルの、暗い階段だったが、中はもっと暗かった。

小さな酒場だった。英語の低い喋《しゃべ》りが狭い空間を満たしている。鏡を正面にすえたカウンターに、こちらに背を向けるようにして長身の男がひとりすわっていた。カーキ色のシャツに黒いぴっちりとした皮のスラックスを着けている。シャツの左袖《そで》が半分で折り畳まれ、安全ピンが光っていた。

店の中には他に誰もいなかった。

男が目を上げ、鏡の中で僕を見すえた。僕に向かって軽く頷《うなず》く。

「ミスター・コウ?」

「イエス」

僕は反射的に英語で答えた。男のミルクチョコレートのような色をした頰《ほお》に、ゆっくりと笑みが浮かんだ。

「おかけなさい。どうぞ」

流暢《りゆうちよう》な日本語が分厚い唇《くちびる》を割った。

隣に腰をおろすと、彼はいった。

「英語は得意、ですか」

「仕事の話をするほどには」

僕は首を振った。

「そう。こんな遅く、呼び出してすいません、でした」

「遅いというよりは、早いといった方がいいかもしれませんね」

男は頷いた。カウンターの隅に置かれた古いラジオが時報を告げた。午前三時だ。FENのD・Jが「グッド・モーニング」といった後、猛烈な勢いでニュース文を読み上げ始める。

「ブラウンがあなたを素晴らしい探偵だといった。だからここに来て貰《もら》った。他の場所と時間が都合つきませんでした。ゴメンナサイ」

パパ・ブラウン。東京の不良外人をとりしきる大元締めといってよいかもしれない。黒人だが、日本国籍を持っている。彼と会ったことはない。だが名前は幾度か耳にした。恐ろしい男であり、偉大な男でもある——そういったのは、本牧《ほんもく》のディスコでD・Jをアルバイトにやっている黒人兵だった。

どれほど恐ろしくて、どれほど偉大なのかは教えてもらえなかった。それきり、知る機会はなかった。

「ミスター・ブラウンに会ったことはないのです」

「知っています。ですが、あなたも彼のこと知っている。彼も知っている、それでいいでしょう」

頷く他ない。

「お名前は？」

「ダック。皆、そう呼んでいます。グワ、グワ」

「わかりました、ダックさん。御用件をうかがいます」

「女の人。若い娘さんを捜して下さい」

「知りあいですか」

「友だちの娘、です」

「…………」

「住所を聞いてきました。ですが、そこにはいなかった。どこにいるか、わからない」

「どんな用事で？」

ダックは笑みを浮かべた。今度のは言葉のかわりになる笑みだった。答える気はない、という意味だ。僕はいった。

「ダックさん――」

「ダック、でいい」

「いいでしょう、ダック。あなたがいうように、今はとんでもない時間だ。こんな時間に、初めて聞いた酒場に出かけてきて、見知らぬ人と会っているのは、僕のボスの、そのまたボスである、早川弁護士に頼まれたからだ。しかし、ボスの依頼というのは、ここに来て、あなたと会う、というところまでだった。あなたがきちんとした話をしてくれなければ、僕はいつでも帰ることができるんです」

ダックは笑みを消さなかった。

「ブラウンもそういいました。あなたのボスに話をつけてくれたのはブラウンです。けれど、彼も理由は知らない。彼は世間でいわれているほどトラブルが好きな男ではないからです。ですが、あなたには何もかも話さなければならないだろう、でなければ決してひきうけない男だ――ブラウンの知っているあなたはそういう人だそうです」

「高く買われているようですね」

「怒らないで下さい。少し試したかった。悪いことだというのはわかりますが」

ダックは立ち上がった。のびあがり、右手でふたつのグラスをカウンターの内側からつかみ出した。僕と自分の前に置き、今度はジャック・ダニエルを取り出した。グリーン・ラベルだ。ブラック・ラベルを出さなかったのは、酒場の持主に遠慮したからかもしれない。

グラスに半分ずつ、ストレートを注いだ。

「どうぞ」

僕は無言でグラスを手にした。ひと息で空けろといわれれば、躊躇《ちゅうちょ》するほどの量だ。

「友だちに乾杯して下さい。ガイという名の男です。彼の魂が安らかならんことを――」

ダックは軽く唇を湿らせただけだった。僕が飲むのをじっと見つめている。口調は優しいのだが、この黒人にはどこか強い気魄のようなものが感じられた。対抗するために、シングル一杯を飲みこんだ。むせることはなかったが、喉《のど》がひどく焼けた。

グラスをおろすとダックが喋《しゃべ》り始めた。口調からとってつけたような優しさが消えた。

「三カ月前まで、私とガイは戦場にいた。どこかはいえない。だが、この地球では至るところで小さな戦争が行われているのだ。私とガイは雇われて、その戦場にいた。つまり傭兵《ようへい》ということだ。ガイは白人だったが、私たちには共通点があった。それが日本だ。ガイには日本人の妻がいたし、私の母は日本人だった。ガイは私より十歳年上で、経験の豊富さでは、隊でも、一、二を争う、頼りになる男だった。私たちはいつもチームを組んできた。互いに命を助けあい、戦ってきたのだ。そして、相手の身になにかあった時は、残された家族の面倒を生きのびた方が見守る――そう約束もしていた。といっても私には家族はいないが」

「行方《ゆくえ》がわからなくなったというのは、そのガイという人の娘なんですね」

「そうだ。三月《みつき》前の激しい戦闘で、ガイは死に、私は片腕を失った。ガイは四年ほど前に、奥さんをなくしている。残っているのは、ローラという名のハーフのお嬢さんだ。ガイはこの日本で、仕事と仕事の合間はそのお嬢さんと暮らしていた」

「あなたはどこで？」

ダックは肩をすくめた。

「あちこちだ。私は四カ国語が喋れる。肌の色はこの通りブラックだが、むしろその方が暮らしやすい場所もあるのだ」

「それで？」

僕は先を促した。

「ローラは十六歳だが、大変な美人だ。父親のいない間、ずいぶんと羽をのばして暮らしていたようだ。モデルとして活躍もしていた」

「あなたが今さら面倒を見る必要もなく」

皮肉はきかなかった。ダックは頷《うなず》いた。

「その通りだ。だが、私の方でどうしても彼女に会わなくてはならない理由ができた」

「何です、それは？」

「死ぬひと月前、ガイはある品をローラの許《もと》に送った。そのうちの半分は私のものなのだ。それは互いに承知の上だった。当時の私たちにとって、安全な保管場所といえば、そこしかなかったのだ。私はそれをローラから受け取りたい」

「ダック、日本にはいつ来たんです？」

「一週間前。ナリタに着いてすぐ、ローラのアパートに電話をした。だが誰も出なかった。タクシーに乗って訪ねてみると、部屋に鍵《かぎ》がかかっていて、人のいる気配はなかった」

「一週間前まではどこに？」

ダックは左肩をすくめた。

「病院」

僕は煙草を取り出した。ダックが手ずれしたジッポを点けた。

「何を預けたんですか、ローラさんに」

「いえない」

「それが原因で、彼女が犯罪に巻きこまれた可能性があるとすれば、彼女を捜すのは、僕ではなく警察の仕事だ」

ダックは無言で、火のついたままのジッポをカウンターにのせた。ラッキーストライクを一本唇にさしこみ、炎に近づける。煙を唇の端から吐き出すと、ジッポを右手で閉じ胸にしまった。

「エクストラ・ペイだ。君個人にUS三千ドル、ローラを見つけてくれたら」

グラスの中身を口に含み、僕を見た。白眼の部分が光る。

「僕は個人で探偵を開業しているわけじゃない。組織の中にいる」

僕は静かにいった。

気まずい沈黙が流れた。

「わかった。私がまちがっていた。しかし、ローラを捜してはもらえないだろうか」

「彼女が犯罪に巻きこまれていたなら、僕はすぐ警察に通報しますよ」

「いいだろう。しかし、その前に必ず私に知らせてくれるかね」

「ダック、あなたは幾つですか」

僕は訊《たず》ねた。ダックは不思議そうに僕の顔を見つめた。

「三十九だが――？」

「なぜ、パパ・ブラウンに頼まなかったのです？　東京にローラがいるのなら、彼の方がより早く見つけてくれたでしょう」

「彼には頼んださ」

ダックの顔に自嘲《じちょう》の色があった。

「――断わられたのだ」

「彼はその品のことを知っていたんですね」

「いや、知らなかった。しかし、なぜだ」

「なにが？」

「なぜ私の年を訊《き》いた？」

「どんな約束であろうと、口でしか、守ることはできない。絶対確実な約束など、この世には存在しないことを、あなたが知っている年だと思ったからです」

「なるほど」

ダックは眼を細めた。眠たげな表情になる。夢でもみているかのようだ。

「私はちがう。いつでも約束を守ってきた。だから君にも守ってもらう。もし破ったら、その時は、約束しよう。君を殺す」

2

ダックが本気でいっていることは僕にもわかった。彼は、僕が今まで見てきたいかなる人間とも種類がちがう男だ。彼にとってルールはひとつしかなく、それを決めるのはダック自身である。

それでも僕はダックの依頼をひきうけることにした。ひとつには、その、ローラという娘の身をダックが真剣になって心配していたからだ。

ダックから教えられたローラの住居は、代官山のマンションだった。翌日、僕は事務所に顔を出し、調査二課長にいきさつを話すと、そこに向かった。ダックは自分の居場所を僕に教えようとはしなかった。かわりに、一日に二度、早川法律事務所に電話を入れるといった。

結構だ。彼がどんな種類の人間であろうと、調査費を払うのなら、仕事はうけるほかない。無論、彼が調査結果を犯罪に利用しようと考えているのなら別だが、僕にはそう思えなかった。

三十九歳、ハーフの黒人、隻腕《せきわん》、自らを元傭兵《ようへい》だと紹介した。日本語を巧みに操り、話し方にも疑わしいところはない。怪しむのなら、彼のような人間の存在自体を怪しむべきだ。自分のルールにこだわりつづけ、破る者に対しては、その命を以《も》って償わせるという。

決してどこにでもいる人間ではない。

ダックは、ローラと共に写った相棒の写真を持っていた。貸すときに、必ず返すことを僕に約束させた。

「ガイの写真はそれ一枚しかない。貴重なんだ」

ガイという白人は、ひょろりとした印象のダックとちがい、胸板が厚い巨漢だった。横浜、山下公園、氷川丸《ひかわまる》をバックに髪の長い娘を抱き寄せて笑っている。薄い茶のサングラスに白のポロシャツ、下はコーデュロイのジーンズだった。父親に比べれば華奢《きゃしゃ》に見える、娘の、タンクトップの肩に回した手の甲に、刺青《いれずみ》があった。

ローラの方は、見る限りではほとんど父親の血を受け継いでいるようだ。白人に見える。父親の笑顔とは対照的に、堅い表情を浮かべている。たまに戻ってきては親権をふりまわして自分を拘束する父親から、早く解放されたい。そう望んでいるかのようだ。

確かに、カフェバーやディスコにいた方が生き生きとして見えるだろう。

かけ値なしの美少女で、モデルとしても充分やっていけるタイプだ。背も高く、凹凸が過ぎない。

マンションは一階にカフェテラスや、ブティックを構えた高級な建物だった。どれほどの広さの部屋かは知らないが、ガイが傭兵として稼ぎ出す額は、ちょっとした会社の重役クラス並みはあったにちがいない。

鍵のかかる郵便受けには、ダイレクトメールの封筒が山ほど詰まっている。中身をひき出すことができないので、どれほど前の消印のものから入っているかはわからなかった。一度上に昇り、部屋をノックした。答える者はない。

新聞はとっていなかったのか、受け口はきれいなままだ。

両側の部屋を当たった。右側は留守、左側からは口ヒゲを生やした男が出てきた。モデルだというのは知っていたが、どこに行ったかはわからない。そういえば、近頃、見かけない。

ちなみに、反対側の住人の居所を訊いてみた。ヘアデザイナーで、二カ月ほど前から外国に行っているという。従ってローラの居所を知る可能性はない。

そこに至って、僕は自分の犯したへまに気づいた。ローラが父親の死を知らされていたかどうかを、ダックに訊くのを忘れていた。

「ところで、どうしてこの部屋の女性がモデルだということを知っていたんですか」

僕は隣人の男に訊ねた。彼のTシャツの肩の向こうには、白いカーペット、白いカーテン、窓ぎわの自転車が見える。

「僕のカミさんがスタイリストの仕事をやってましてね。見かけたことがあったんですよ、モデル連中がよく集まる店で」

「何という？」

「青山の『アージャ』という店です。一見してそれとわかる連中が一緒だったらしい」

「いつ頃からいなくなられたかわかりますか？」

「さあ、十日か、二週間ぐらいかな。少なくとも先月はいたような気がする」

男は僕の質問を怪しむこともせず、肩をすくめた。僕はその店の場所を訊くと、礼をいってひきあげた。

確認のために、一階の管理人に会う。管理人は老人ではなく、隆々とした筋肉をもった若者だった。彼はニベもなく、住人に関する一切の質問には応じられないといった。ただひとつだけ、ローラがあの部屋をひき払っていないことは教えてくれた。なぜなら、僕に怒った勢いで「キチンと家賃を払って下さっている住人の方」についての問には答えられない、といったからだ。

それで充分だった。事務所に戻るべく、路上駐車した車に乗りこんだ。

電話で聞くダックの話し方は、普通の日本人と何らちがいはなかった。が考えてみれば彼の血の半分は日本人なのだ。それを思えば、彼があたり前のように日本語を喋《しゃべ》ったとしても、どこにも不自然な部分はない。おそらく、彼の外見があまりに黒人であるため、つい外国人として見てしまうのだろう。

彼自身、最初はいかにもそうであるかの如くふるまった。

「彼女は父親の死を知っていましたか？」

僕は自分に向けられている二課長の鋭い視線を意識しながらいった。

「いや、知らないと思う。私が知らせるはずだった。実は――」

ダックはいい淀《よど》んだ。

「何です？」

「彼女あての見舞金も私が預かっている」

「幾らほど？」

「二十万USドルの小切手だ。彼女を受け取り人と指定している」

ダックにとってはただの紙きれというわけだ。

「ローラの父親が死んだのは三月前と聞きましたが、どうしてもっと早く知らせなかったのですか。それに遺体は――」

「コウ、君は自分の肉親の死を電話一本で信ずる気になれるか？」

彼の勝ちだ。

「彼は正規の兵士ではなかった。従って明文化された死亡証明書が出されるわけでもない。まして、そこは戦地なのだ」

僕をやりこめたことに対して、得意になっている様子はなかった。淡々としていた。

「それから教えておこう。ガイの遺体はない。私とガイの乗ったジープはロケット弾の直撃を受けたのだ。私の左腕とジープの部品、ガイの身体を見分ける方法はなかったそうだ」

つらい知らせを運ぶ役目を兼ねていたことを、ダックは僕に話さなかったのだ。なぜだろうか、これも彼のルールなのか。

「ローラの居所を訊きこむために、僕は今夜、ある店に行きます。外人のモデル連中が溜《たま》り場にしていたところです」

「私も行ってもいいだろうか」

「なぜです?」

「ひとつには君が日本人だからだ。私の外見は知っての通り、日本人じゃない。従って、君より多くの情報を訊き出せるかもしれない」

その通りかもしれない。日本人よりも外国人に対して門戸を開く店が最近は増えている。

「君の邪魔はしない、約束する」

「結構です。では午後九時に青山一丁目の交差点でピックアップします。いいですか」

「わかった、待っている」

電話は切れた。受話器を戻すと、調査二課長がデスクを回りこんできた。

「例のダックという男かね」

「そうです」

僕は椅子を後ろにひき、煙草を取り上げた。

元警官、そろそろ還暦を迎えるはずだが、半白髪の頭をのぞけば年齢を感じさせるものは何もない。グレイ、または茶のスーツを好み、シャツは常に白だ。地味であることを心がけ、それに成功している。と同時に、依頼人を一目会っただけで信頼させる威厳もまた身につけている。僕が早川法律事務所で失踪人《しっそうにん》調査を手がけるようになって以来のボスだ。部下を掌握し、しかも滅多なことでは口を出さない。その彼がいった。

「早川さんには、いつでも私の方からいってやれる――」

僕は彼を見上げた。

「……?」

「このダックという男に関する君の話には不審な点が多すぎる。あまりにも事実関係がわかっていない。傭兵《ようへい》だというのも、問題がある」

「傭兵だったでしょう。もう戦地には戻れないのです」

「にしても、危険度が高い。傭兵という人種がどんな連中かは、君もよく知っているはずだ」

僕は頷《うなず》いた。三年前、中東からの留学生の失踪調査を行っていた僕は、二人の傭兵に占拠された山荘に居合わせたことがあった。彼らは何人かの泊まり客を殺し、僕も危うくそうなりかけた。彼らを雇ったのは、やはりその留学生を追うグループだった。しかししまいに彼らは暴走し、手がつけられぬ状態となった。

「君の判断だ。だが、私はこの件には深入りせんことを勧める」

「このところ危い目にあい続けですからね」

僕は笑った。

「家出した高校生や中学生の仕事もないわけじゃないぞ」

「特別料金を払うと申し出ましたよ。三千ドル」

「それで動く人間じゃないことは、私がよく知っている」

「なぜです？」

「君を探偵にしたのは私だ」

「なるほど」

「君には君のルールがある。絶対に変えない人間だ」

「変えますよ、いくらでも」

「私生活に於《お》いては？」

課長がニヤッと笑った。

「性生活に於てと」

「仕事では変えないし、変わらない。そうだろ」

「………」

「なぜひきうける気になった。早川所長の面子《メンツ》のためか」

「興味があるんです」

僕は立ち上がった。

「何に？」

「彼のルールに」

「そのためにやる？」

頷いた。

3

夕方から冷たい雨が降り始めた。ひとりで夕食をすませると、部屋で着がえ、待ち合わせの場所に向かった。

ダックは、シャッターのおりたビルの玄関に体の左側を押しつけるようにして立っていた。皮のブルゾンに皮のスラックス、黒いハイネックのセーターを着けている。

車を寄せ、クラクションを短く鳴らした。手にしていた煙草を水溜《たま》りに弾きとばすと、雨の中に姿を現わした。傍らを行き過ぎようとしたカップルが、驚いたように立ち止まった。闇《やみ》の中から黒ずくめの男が現われたように見えたのだろう。

素早い身のこなしでダックは助手席にすべりこんだ。

僕はサイドミラーをにらみつけ、流れるタクシーの列に割りこんだ。クラクションが怒ったように鳴り、ダックが振り返った。

「探偵業がオフのときは何をしている？　レーサーか？」

「別に。ただの青年であることを楽しんでる」

笑いを含んだ眼で頷いた。大きく息を吐いて、シートにもたれこんだ。

二四六を走った。

「東京はきれいな街だ」

ダックがぽつりといった。

「きれいな街を走ってるからそう思うんだ」

ダックは首をふった。思いついたように彼が訊《たず》ねた。

「どんな店なんだ、そこは」

「よくは知らない。バーか、ディスコか。外国人の多い店のはずだ」

「名は」

「アージャ」

その店の前についた。ビルの地下に続く階段の踊り場に、ブルーのネオンが点《とも》っている。入口を見てダックが呟《つぶや》いた。

「金のかかりそうな店だ。別々に入るか、それとも一緒でもいいか」

「ローラはあなたの顔を知っていますか」

「知っている」

「じゃあ別々がいいでしょう。もし先に見つけたら知らせて下さい」

「わかった」

あたりの路上駐車された外車の列に車を割りこませると、先にダックを降ろした。外交官ナンバーのフィアットの後ろに車を止め、雨の中を走った。

階段を降りると、銀色の観音開きの扉があり、ビートルズがその向こうから聞こえた。扉を押し開き、中に入った。右手にバーカウンター、左手に銀色の長いテーブルが続いている。観葉樹がたくさんおかれ、正面奥の板ばりの部分で何人かが踊っていた。その向こうにスクリーンがあって、モノクロのビートルズが演奏している。

客の半数が外国人、それも白人だった。ダックはカウンターの端にかけていた。唇に笑みを浮かべている。混んでいるにもかかわらず、彼の周囲に人はいなかった。

グラスを手にした若い金髪の娘が、早口の外国語でバーテンダーに話しかけている。

彼女を囲むようにして茶の髪の男と、背の高い女性的な日本人の男が立っていた。ダックが立ち上がった。皮肉のこもった目でその娘を見た。何ごとかを話しかけ、僕の方に歩み寄ってきた。三人の男女は凍りついたようにその場を動かなかった。

「私は外にいる。ここは私が好まれる場所ではない」

低い早口でいうと、ダックは僕の傍らをすりぬけた。

僕はダックのすわっていた席に腰をおろした。バーテンダーが、口のついていないダックのグラスを手早くさげた。金髪の娘のグループが僕の隣に陣どった。何ごともなかったかのように笑いあっている。

ジントニックを頼み、バーテンダーにいった。

「ローラは最近来てる？」

バーテンダーは愛想のない若い男だった。気取った表情を浮かべている。

「どなたですか」

聞こえなかったように訊《き》き返した。

「ローラ」

知らないというように首を振った。僕はグラスを受け取り、店内を見回した。外国人同士はたいていが顔見知りのようだ。大げさに抱きあったり、キスを交している。ひとりひとりの顔を見分けるのに苦労しそうだった。

三十分をその店で費した。ローラを知っている者も、いない者もいた。しかし、彼女がどこにいるのか教えてくれる人間はいなかった。

外に出ていったダックのことが気になり、訊きこみを途中で切りあげた。もしローラがボーイフレンドの家か、旅行にでも出かけているのなら時間さえかければ見つけられるはずだ。

階段を昇ると外に出た。雨の中にダックの姿は見えなかった。

タクシーが僕の目の前で止まった。扉が開き、黒の超ミニスカートをはいた長い髪の娘を吐き出した。僕は車の方に踏み出しかけた脚をとめた。彼女だった。

ローラはわき目もふらずに店の入口に向かって歩き出した。僕はもう一度、あたりを見回した。

一台の車が減速しながら反対側に寄った。グレイのスカイラインだった。助手席の窓がすっとおりた。

「ミス・ローラ！」

中から声がした。娘が立ち止まって振り返った。ポン、という風船を押し潰《つぶ》したような音が二度した。ローラの体が濡《ぬ》れた舗道の上を舞った。

スカイラインがタイヤを鳴らして発進した。サイドウインドウは既に閉まっていた。

僕はただ立っていただけだった。足元に、ローラのふわりと広がった長い髪の先があった。

すべてが一瞬の出来事だった。それでいてスローモーションフィルムを見たように、はっきりと目の奥に焼きついていた。

叫び声があがるわけでも、人が走り寄ってくるわけでもない。ただ、僕の足元に少女がひとり倒れているだけだ。

何ごともなかったように、道をタクシーが行きかっている。

僕はゆっくりとかがみこんだ。少女の頰《ほお》はまだ暖かだった。瞠いた目が僕を見つめた。首すじを探った。軽いコロンの香りが鼻にふれてくるだけだ。

立ち上がると公衆電話を捜した。ローラは僕の目の前で射殺されたのだ。

僕を取り調べたのは、矢野《やの》と杉原《すぎはら》という警視庁から来た刑事だった。ローラの体は運び去られ、僕は現場をとり囲んだ幾台ものパトカーのうちの一台で事情聴取をうけた。単なる目撃者として事をすますのは不可能だった。

僕はローラが撃たれる直前まで『アージャ』にいて彼女のことを訊いて回っていたのだ。検査を受けた僕の懐からは、彼女の写真までが出てきた。簡単に帰してくれそうにない雰囲気だった。

写真が発見された段階で、僕の身柄は警視庁まで移された。取調室で幾度も同じ話を、何人もの警察官の前でくり返させられる。

話に矛盾点がないことが明らかになると、彼らの関心はダックに移った。

「その黒人の本名は知らないのかね」

「知りません。それに彼は、日本人と黒人のハーフです」

「何のために、被害者を捜しているのか、訊かなかったのか」

「彼女が持っているはずの何かを受け取りたいといっていた」

「それは何だ」

「知らない。彼はいわなかった」

「そんないい加減なことで君は依頼をひきうけたのか」

「本当は知ってるんだろ、え？」

「隠す理由はありませんよ」

「偶然にしちゃ、タイミングが良すぎるんだな……」

一時間を目撃談に、次の一時間をダックとの関係説明に費した。彼らがいつまで同じ話をくり返させるのだろうと思い始めたとき、取調室の扉が開いて、知った顔が現われた。皆川一課長補佐だった。

「佐久間君か、どうしたね」

「御存知ですか」

刑事のひとりが振り返った。皆川課長補佐が微笑した。

「何度彼を警視庁に誘ったかしらんよ。大変な人物だぞ」

「どういう意味です？」

「殺人二件、麻薬の取引一件、もし彼がうちの課員だったらとっくに君たちを追いこしているところだ」

あっけにとられた顔つきで僕を見た。

「大分、しぼられたのかね」

皆川課長補佐は柔和な顔をほころばせて訊ねた。僕は答えた。

「いや、たいしては」

「そうか。もしまた何かあったら頼む」

「こちらこそ」

話はそれでついた。僕は『アージャ』の自分の車のところまでパトカーで送られた。

刑事のひとりが念を押した。

「もし黒人から連絡があったら、必ず知らせて下さい。彼は重要参考人ということになっていますから」

「わかりました」

覆面パトカーが行ってしまうと、僕は車に乗りこんだ。いつの間にか、周囲の違法駐車は一台もいなくなり、僕の車にだけ違反のステッカーが貼られている。

罰金を捜査一課に請求すべきだろうか、そう考えながら車を走らせた。四谷のアパートに到着したときは午前三時に近かった。すべてがどうでもいいほど疲れきり、冷えたビールでも飲んで、ベッドにもぐりこみたかった。

階段を昇り、部屋のドアを開けた。灯《あか》りはたくさんだった。暗い中をキッチンまで行き、冷蔵庫からビールを取り出した。

居間のソファにかけ、缶のプルトップをひくと、親切にもスタンドを点してくれた人物がいた。

ダックだった。向かいのソファで脚を組んでいる。膝の上には自動拳銃をのせていた。

4

とりあえずビールをひと口飲《や》らせてもらった。もしダックが撃つのなら、酔っていようがいまいが同じことだ。

ひと息で缶の半分を空けた。

「喉《のど》が乾いているのかね」

ダックが訊《き》いた。僕は缶をおろすと彼をにらんだ。

「誰のせいでカラカラに干上がったと思う?」

「驚かしてすまなかった」

ダックは拳銃に目を落とした。

「あんたの居所を今までさんざん訊かれていたんだ。ここと わかっていたら、パトカーに送らせればよかった」

「ローラを撃ったのは私ではない」

「じゃあ彼女が殺されたことは知ってるんだね」

ダックは無表情で頷《うなず》くと、拳銃に安全装置をかけた。ブルゾンの内側に吊《つ》ったホルスターにしまいこむ。青山で会ったときも、脇の下に吊るしていたのだろうか、僕は考えた。

たっぷりとした型のブルゾンだ。吊っていても気づかなかったろう。

「どこに居た?」

「向かいのビルの陰だ」

「どうしてすぐに出てこなかった」

「何というか、少し気分を害していた」

僕は彼を見つめた。

「なぜ?」

「あの店にいた金髪の娘を覚えているか」

僕は頷いた。

「クロの隣は嫌だ、はっきりバーテンにそういっているのが聞こえた。フランス語だったが――」

それで彼は足早に出ていったのか。

「………」

「久しぶりだったんだ。そういう扱いをうけたのが」

「ローラを撃った人間を見た？」

「いや、一瞬なので見えなかった」

「なぜすぐに来なかった？」

「彼女が即死であることは見てわかった。あれはプロのやり方だ。危険を感じた。あの場にいては状況が悪化するだけだ」

「物騒な道具を持っているし？」

ダックは素気なく頷いた。

「しかし私の銃じゃない。あれはサイレンサーをつけた二十二口径だ。私のは九ミリだ、銃声はまるでちがう」

「音だけでわかる？」

「わかる」

「どうして僕のところへ？」

「他に信頼できる人間がいない。ブラウンはトラブルを嫌う」

「僕の住所をどうやって……？」

「私は日本語が読める。電話帳さえあれば沢山だ」

錠前破りなどお手のものというわけだ。

僕は溜息《ためいき》をついてビールの残りを干した。

「犯人について警察はどれだけ知った？」

「乗っている車、そして片腕のハーフの男」

「私を追っているのだな」

「その通り」

ダックは目を閉じた。僕はその顔を見つめた。髪は短いアフロで、頬に少しだけニキビの跡がある。鼻筋は少し歪《ゆが》んでいるが、決して低くない。口許に残忍な精悍《せいかん》さが漂っている。

「ローラがなぜ殺されたか、あんたは知っている、と思うんだ」

僕はいった。ダックが薄く目を開いた。何もいわない。

「きっとローラは、ボーイフレンドのアパートかどこかに泊まりこんでいたんだろう。

そして彼女を追っている連中が、あの店まで尾《つ》けてきたんだ。殺すチャンスを狙《ねら》って。十六の女の子だ。どんな理由があるにしろ、車から撃ち殺すなんて、普通の動機じゃあ考えられない」

「ではどんな動機があったというんだ」

「口を塞《ふさ》ぐ、ただそれだけだね。恨みや恋愛のもつれじゃない」

「何を喋《しゃべ》らせないために？」

「あんたが知ってることで、僕が知ってることじゃない」

「……なるほど」

「ビールをもう一本飲んでもいいかい？」

「いや。後にしてくれないか。君がどれほど酒を飲むと運転できなくなるか、私は知らない」

「桜田門までなら、三桁の番号を回すだけで無料のタクシーが来るよ」

ダックは首を振った。

「代官山だ。ローラのアパートに行きたい」

僕はダックの顔をもう一度、まじまじと見つめた。無表情だ。少し疲れてはいるようだが。

「何をするんだ」

「いったはずだ。ローラは私のものを持っていた。それを取りに行きたい」

「だから殺されたんじゃないかな」

ダックが僕を見返した。

「かもしれん。私が早く受け取ればよかった」

「そして今度は、あんたと僕か。ヘイ、ダック、ズドン――」

ダックの口許がほころんだ。初めて見る種類の笑いだ。頰に凄味《すごみ》があった。

「いいや。私でも君でもない。今度は奴らが名を呼ばれる番だよ」

僕は立ち上がった。

「ダック、あんたから連絡があったら警察に知らせることになってる」

「ローラのアパートを出たらすればいい。私に脅されたといえばいいんだ」

溜息をついて、部屋を出た。

車に乗りこむと、ダックは後部席にすわった。

「尾行する車がいたら教えてくれ、もし君にその気があるのなら」

体を横にして彼はいった。答えずに僕は車を出した。なぜだかは知らないが、僕はこの正体不明の男を嫌いではなかった。

しばらく走ってから訊ねた。

「どうしてダックという仇名《あだな》がついた?」

彼はすぐには答えなかった。

「ガイがつけたのだ。お人好しだと私のことをいった」

「あんたが」

「すばしこいという意味もある」

そっちはぴったり来そうだ。たとえ片腕になったとしても、彼なら素手でひとりやふたりは簡単にあしらいそうだった。

しかしローラを殺したのは、彼ではないような気がしていた。無論、彼が殺人をためらうような人間ではないことはわかっている。

「尾行は？」

僕はバックミラーに目をやった。ライトはまったく映っていない。

「ない」

「そうか」

代官山のマンションに到着した。車をマンションの地下駐車場に乗り入れた。ロビーを通って人目を惹きたくなかったのだ。

思った通り、駐車場にはエレベーターが付いていた。警察が先回りをしているかもしれない、ふと思った。

「警察が来ているかもしれない」

身を起こしたダックが瞬《まばた》きをした。

「僕が先に上にあがる。もし大丈夫なようなら、エレベーターを降ろすよ。降りてこなければ、この車で行くといい」

「………」

ダックは考えているようだった。やがていった。

「ありがとう。君に任せる」

エレベーターを使って、六階のローラの部屋まで昇った。廊下には誰もいない。扉にも何の変化もおきていなかった。刑事が管理人を呼んで中を改めるのは明朝になりそうだった。念のために呼び鈴を押した。

誰も出てはこない。再び喉《のど》がカラカラに乾いてきた。用心深く、音をたてないようにエレベーターホールに戻ると、地階のボタンを押した。ダックが昇ってくる。

唇が黒い顔の中で、白い一本の線と化していた。ブルゾンの内側から耳かきのような金属棒を二本取り出した。錠前の前で膝を突き、その二本を器用に右手一本でさしこんだ。

「上の方を引っぱり上げてくれ……」

ダックが囁《ささや》いた。いわれた通り、片方の棒を上に引いた。

とてつもなく大きな音がしたような気がした。鍵が開いたのだ。

ダックがノブを回した。少しだけドアを開くと、僕に退いているように身ぶりで示した。拳銃を抜き、爪先《つまさき》をドアのすき間にかける。脚だけで、少しずつドアを開いていった。

何も起きなかった。

ドアが完全に開ききると、ダックは素早い身のこなしで飛びこんだ。僕は反対側の壁に体を押しつけて待っていた。

「オーケイ」

ダックが首だけをのぞかせて、低い声でいった。彼に続いて不法侵入を犯した。

ダックがジッポを点した。部屋の中は滅茶苦茶に荒らされていた。

僕はドアを完全に閉じると、錠をおろした。ダックがスタンドを見つけ、スイッチを入れた。

テーブルが仰向けになり、ソファが引き裂かれている。ひき出しはすべて開かれ、カーペットも端からめくられていた。床の上は、すべてが散乱し、足の踏み場もなかった。

ダックが何かを拾い上げた。写真立てだった。ひびの入ったガラスの向こうで、白人の巨漢がアサルトライフルを手に笑っている。

それをブルゾンの内側にしまいこんだ。僕が中央の部屋にいる間に、ダックは全室をくまなく調べ回った。

すべてが徹底したやり口だった。いつだかは知らないが、何者かがこの部屋に先回りしたのだ。僕はハンケチでドアのノブを拭《ぬぐ》った。

明日ここを訪れた刑事は仰天して鑑識の人間をよこすだろう。この部屋を荒らした人間が警官のはずはない。もしそうならば封印されているし、第一、警官はソファにナイフなどつき立てない。

ダックが何も持たずに戻ってきて、無表情でいった。

「行こう」

「見つかったのか」

首を振った。

「何を捜していたか教えてくれ」

「知りたいか」

僕を見つめた。頷いた。

「君には何の価値もないものだが……？」

「こうして一緒に危険を冒している」

「わかった。ここを出たら話す」

ダックは呟いた。

5

アパートの近くまで車を走らせている間、ダックは無言だった。契約した駐車場のある一方通行路に侵入した。一度僕の住む建物の前を通りすぎる道だ。駐車場には車を入れず、そのまま表通りにひき返した。

「なぜ止めない」

ダックが後部席から訊ねた。

「張り込んでいる。見慣れない車があるんだ」

皆川課長補佐もくわせ者だ。あるいは、僕の身を心配したのかもしれない。

「どこへ行くんだ?」

しばらく走っているとダックが訊ねた。

「六本木だ。知っている店がある」

姉妹ふたりでやっている『オーヴァー・ザ・ナイト』という小さな店だ。行きつけで、大ていの無理は聞いてくれる。

「ただし、その鉄砲はちらつかせないで欲しい」

低い笑い声が聞こえた。

『ナイト』のあるビルは一階に駐車場を持っている。その駐車場からエレベーターを使えば人に顔を見られずにすむ。午前五時まで店は開いているはずだ。いつもすいていて、趣味じゃやなければやっていけないのではないかと思える。

目論見《もくろみ》通り、駐車場からエレベーターを使った。さして長くない六本木のメインストリートは違法駐車と客待ちのタクシーでぎっちり詰まっている。それもあと二時間もたてば、廃墟《はいきょ》のように静かで何もない街になるはずだ。

「あら、コウさん、ずいぶん遅いのね」

扉を開けると、カウンターにいた姉の方のひろ子がいった。客は男がひとりかけているだけだ。

「御免、すぐひきあげる。いい？」

「いいのよ、いつまでいたって。ちょうど久美も休みで寂しいと思ってたの」

久美というのが妹の名だった。

僕はカウンターをさけ、数少ない隅のボックスを選んだ。ひろ子がオールドクロウとアイスバケットを運んできた。

「まだ仕事中？」

酒を作りながら話しかけてきた。

「のようなもの」

「いいわ、邪魔しない。ごゆっくり」

おっとりした仕草でダックに会釈すると、ひろ子はひきあげた。

「エレガントな女性だ」

ダックがいった。

「音楽の趣味もいいんだ」

ナットキング・コールがプレヤーの上で回っている。

僕はおしぼりで顔をふき、グラスを手に両脚をのばした。ダックが訊ねた。

「疲れたかね」

「あんたより多くの人と今日は会ってる。特に警官と」

「一理ある。では――」

ダックがオンザロックのグラスを掲げた。

「またガイの魂に？」

僕は訊ねた。

「いや、東京のナンバーワン・ディテクティブに……」

グラスをおろすと、ダックは話し始めた。

「ガイの娘のローラに送ったのは、二通の書類なのだ。それはある国の王家の紋章がすかしに入った、手書きの任命状だ」

「任命状——？」

「そうだ」

ダックは頷いて、ラッキーストライクに火をつけた。

「その紋章を持つ王家は、現在この世に存在しない。なぜなら、クーデターが起き、王国から人民共和国に国名を変えてしまった国のものだからだ」

「……………」

「私とガイは、半年前までその国にいた。王制の復活を狙《ねら》う一派に雇われて、人民政府の内情をスパイするのが仕事だった。仕事は半分成功し、半分は失敗した。状況は把握できたのだが、軍に存在を知られ、私とガイ以外の同僚を失った。私とガイは一度国外に逃れ、スポンサーである王家の人間と会った。どうやら再クーデターは時機尚早である、というのが私とガイが下した判断だった。しかし、決して不可能というわけではなく、国民の間には新政府への不満と、王家への尊敬の念がいまだにくすぶり続けていることも確かだ。決して遠くない未来に、再び、王制がその国に返り咲くこともできるだろう——王家の人間は、私とガイの功績を高く評価した。そこで我々に任命状を発行した。この先、再びその国に王制が復活することになれば、私とガイは軍の高官として登用される。将軍というわけだ」

ダックの目に強い輝きがあった。

「無論、クーデターが起きなければ、ただの紙きれだ。しかし、それは私とガイにとっては何より尊い紙きれだった。どの国に行って、どちら側について戦おうと、私たちは正規軍ではない。雇われた人殺しの汚名がついてまわる。挙句に、ガイのような死に方をしても勲章ひとつ貰《もら》えるわけじゃない。常に、最前線の、危険度が最も高い戦場に送りこまれ、消耗品として扱われてきたのだ。その私とガイにとって、初めて夢のようなチャンスを与えてくれた紙きれだった。王のサインが入り、私を、ガイを、将軍に任用すると保証している。あれがある限り、私もガイも犬死にすまい、といいあってきた」

暗く、そして激しい情熱のこもった口調だった。

「それだけの価値があるものを、いつどんな目に遭うかわからない戦地で持ち歩くわけにはいかなかった。私はガイの提案でローラの許に送ることにした。あの紙さえあれば、たとえ幾つになり、どんな体になろうと、私とガイは未来に希望を托すことができたのだ」

ダックは口をつぐみ、僕を見つめた。

「愚かな話だと思うかい。おそらく、そうだろう。だが、黒人の肌を持った日本人として生まれ、父親の国の国籍すら得ようとして得られなかった男の夢なんだ。私はアメリカ国籍を得るために、志願してベトナムに行き、そこでガイと知りあった。しかし戦争が終わるとさまざまな口実と涙金をもって追い払われたのさ。私はもう、誰でもなかった。ただ人殺しの技術だけを身につけた黒人でしかなかったんだ。あの任命状さえあれば、私はちがった人間になれるかもしれない。最後で唯一のチャンスだった……」

黙っていた。いうべき言葉が見つからなかった。グラスを干し、酒を注いだ。

「もう、夢は、夢でしかなくなってしまった」

ダックは呟《つぶや》いた。

「どうして？」

「任命状は、今頃灰になっているだろう。私とガイのような人間が万一でも政府の高官となるのを喜ばぬ連中が王制復活派にもいるのだ。彼らはクーデターのチャンスをうかがいながらも邪魔な他所者《よそもの》を排除しようとはかっているのさ」

「たとえその任命状が破棄されたとしても、あんた達に、その書類を発行した人間がいるはずだ」

「彼は大変な高齢だ。もしクーデターが起き、王座についたとしてもすぐに後継者に譲らざるを得ないだろう。若い王位継承者は私たちの功績を知らない。それを証明できるのは、あの任命状しかなかったのだ」

もし革命が成功すれば――ダックの夢は、僕から見ればあまりにはかなく、遠い可能性としか思えなかった。

しかし、片腕を失った彼にとって、唯一自分をたくせる可能性だったのだ。

「君から見れば馬鹿げているだろう」

ダックは微笑《ほほえ》んだ。口許の残忍さは、その瞬間だけ消えていた。

「どうするつもりなんだ?」

僕はそれには答えず、訊《たず》ねた。ダックは笑みを消した。

「することはひとつしかない。もしガイが生きていて、ローラが何者かに殺されたら、彼は絶対に許さなかったろう。私はガイとした約束を果たさなければならない」

「誰がやったのか、わかっているのかい」

「多分」

ダックは頷《うなず》いて、グラスに目を落とした。

「そいつらがローラのマンションから任命状を奪った?」

「そうだ。私にはやらなければならないふたつの理由がある」

「なぜ日本に?」

「その連中のことか」

僕は頷いた。

「王制派として新政府の粛清を免れた人物が、外交官になって東京にいる。完全に疑いが晴れたわけではないので、極東にとばされたのだ。国内に置いておくと危険だからな」

「確信があるのか」

「私とガイの功績を知っていて、こころよく思っていないはずだ。なぜなら、国情をスパイする役割は、本来ならその男が果たすはずだったからだ。外国に逐《お》われた挙句、傭《よう》兵《へい》風情に王家の信頼を奪われたのだ。新政府の監視を受けてる状態では、不満の晴らしようもなかっただろう」

「あんたが日本に戻ってきたことはどうして？」

「私とガイの所在は、ある所に問い合わせればいつでもわかる仕組みになっている。ただし、戦争をしていない間だが」

「日本に戻ってくる、しかもガイが死に、あんたひとりが戻ってくるということで、その男はローラに目をつけたわけだな」

「そうだ」

短くいって、ダックはグラスを傾けた。ラッキーストライクは灰皿の上で長い灰になっていた。

「任命状を奪っただけでは足りずにローラを殺したのはなぜだ？」

「私も始末するつもりなのだろうが、私や彼女の口から、自分が王制派であることが洩《も》らされるのを恐れているのだ。勿論《もちろん》、ローラは何も知らなかった」

「復讐《ふくしゅう》する？」

「する。それが私のやり方だ」

「本物の殺人犯になる」

ダックは小さな笑いを浮かべた。

「私はもともと人殺しだったのだ。星がつけば英雄になれた。しかし星を肩にのせるチャンスを失くした。いつまで生きて、どこまでいっても、私はただの黒人の人殺しだ」

「別の生き方は考えられない？」

「考えるのはできる。生きるのができない」

ダックは笑いを浮かべたままいった。口許の残忍さが蘇《よみがえ》っていた。

ダックが右手をさし出した。

「ありがとう、ミスター・コウ。君には感謝している。私は君にどれだけの礼をすればいいのだ？」

「一日分の調査料とここの勘定で手を打つよ」

「そうはいかない。それに私は、あとひとつだけ、君に頼みたいことがあるのだ」

ダックは首を振り、僕の顔をのぞきこんだ。

6

アパートの前に辿《たど》りついたときは、夜の向こう側に青味がさしていた。車を駐車場に入れ、脚を叱咤《しった》した。

アパートの建物の陰に白のブルーバードが駐まっていた。ふたりの男が体を低くしている。ひとりは僕を取り調べた矢野刑事だった。

僕に気づくと、素早く車を降りてきた。空に向かって大きくのびをする。

「まっすぐ帰らなかったんですか」

「交通課に内緒にしてもらえますか。あのままじゃ眠れそうになくて、一杯やってきたんです」

じっと僕の顔を見つめた。

「ひとりで？」

「ええ」

「どこです？」

「六本木ですよ。行きつけの店でね」

「こんな時間までやっている所があるんですな」

「ありますよ。捜せば、幾らでも」

いって僕は微笑した。

「それじゃ、おやすみなさい」

鋭い視線を意識しながら階段を昇った。それ以上の言葉はとんでこなかった。

部屋に入ると鍵をかけ、ベッドに腰をおろした。心の中で、奇妙にせめぎあうものがあった。

幾つも事件にぶつかり、殺人も何度か目《ま》のあたりに見てきた。世の中の仕組みと、その仕組みを憎んだり、そこから逃れようとする人間が、どんな行動をとるかもわかってきたつもりだった。そこに対していくとき、自分にこだわることは常に必要だった。いや、必要以上に構えてきた。そうしなければ、長くできる仕事ではなかった。

今夜、少し疲れ、少し迷っている。

ダック、あんたは戦うことでしか自分の存在を証明できないのか。

僕は人と会い、訊ね、捜す。見つけ出せば、その人物をとり巻く世界とは縁が切れる。そこから先にその人間の人生に入りこむことはない。希望を与えることも、忠告することも、救うこともない。それができる人間であったら、おそらくこんな仕事はしていなかったろう。

洋服を着たままベッドに寝そべった。片腕の黒人は今どこにいるだろうか。青山で会ったときのように、どこかの建物の陰に左肩を隠し、ひっそりと佇《たたず》んでいるのだろうか。

自分に問うことはやめたい。自分がどれほどの存在で、何ができるかなど、考えたくもなかった。

ただひとりの男のことが頭の中に渦まいていた。

星を夢み、ついに星を肩につけられなかった男。ただの人殺しにしかなれなかった男。善も悪も、法も正義も無縁な世界で生きてきた男。自分のルールしか頼れるものを持たなかった男。

目を閉じた。

ひとつだけわかったことがある。僕は彼のような生き方は選べない。だが、彼は似ている。どこか、僕と似ている。

目覚めたのは午後一時近かった。ごわごわする洋服を脱ぎすて、バスルームに入った。ぬるいシャワーを出し、頭からかぶった。自分がすべきことを思い出せるまでそうしていた。するエネルギーは、体の中にはない。

心の中から絞り出した。

バスローブを体に巻きつけると、昨夜ダックがすわっていたソファに腰をおろした。

電話機をひきよせた。ダイヤルを回す。

警視庁の声が答えた。

「捜査一課の皆川課長補佐を」

待たされた。会議中だったようだ。

「やあ、朝帰りだったそうだね。宿酔《ふつかよ》いかね？」

「どうです、その後の状況は？」

「外事課が動いているよ。君が見たという車も手配したが、同種の車が一台、盗難届けを出している」

「ダックについてはどうです？」

「今朝、身許がわかった。エドワード・田中。七歳の時に母親に死なれ、孤児院に入ったが十歳でそこを飛び出している。十六歳で渡米、年齢をいつわって米陸軍に入隊。ベトナムに五年行っていた。アメリカ国籍を申請したが却下されている。国際刑事警察機構では、確かに彼を、プロの戦争屋だと見なしている。日本での犯罪歴はない」

エドワード・田中。初めて彼の名を知った。だが変じゃない。ダックと出会ってからまだ二日しかたっていないのだ。

「彼から連絡を受けました」

「いつだ？」

皆川課長補佐の声が鋭くなった。

「ついさっきです。ローラを殺したのは自分ではない、といいました」

人を殺してきたのは確かだ。しかし、平和な国でそれをしたことは一度もない。平和な国では、私は人殺しにされたくない――ダックはそういった。

殺してもいない人間を、最良の友の娘を、殺した人物のままでいたくない、ダックはそういった。

「では誰が殺したと？」

「真犯人を知っている。警察にその人物を提供するともいいました」

ただし、生きて、とはいわなかった。

「どういう手段で」

「わかりません。ですが今夜中だと……」

「彼は君を信頼しているのか？」

「多分」

「ではどうして警察に出頭しないのだ」

「殺された女の子は、ダックの親友の娘でした。彼は自分の手で犯人を摑《つか》まえたいのだと思います」

「殺し合いをする気だな」

「ひょっとしたらそうかもしれません」

「佐久間君。彼を止めるんだ」

「連絡を受け次第、そちらに知らせます。待機していて下さい」

そういって受話器をおろした。

彼がどこで、何をしようとするかはわかっていた。知らせるのを待つ、それがダックに頼まれたことだった。


午後八時にアパートを出た。尾行がついていた。早川法律事務所に向かい、調査二課に顔を出した。ダックから受け取っていた調査費を経理に渡し、証拠収集業務の調査一課を訪ねた。望遠レンズの付いたカメラ、ワイヤレスマイク、カセットレコーダーを借りる。続いて、二十四時間体制の連絡中継員にメモを渡した。皆川課長補佐への次の連絡は、彼から言ってもらうことになる。

早川法律事務所は、巨大な法律事務機構である。所属する弁護士は、民事、刑事を併せて、十数名を数える。他に司法書士、弁理士も抱え、下請け興信所との依頼、契約の手間を省くために、二つの調査課を設けている。

証拠収集を業務とする調査一課にはさまざまな小道具、大道具が揃《そろ》っている。それらのうちのひとつ、クリーニング屋のバンを借りて、事務所ビルを出た。

尾行を完全にまいたと確信するまで都内を走り回った。刑事たちはおそらく、駐車場にある僕の車を見張っているはずだ。

初めてダックと待ち合わせた、小さな酒場に向かった。

暗いビルの階段を降りた。無人の酒場には約束通り、鍵がかかってはいなかった。午後十一時まで、そこで待った。十一時になると、カウンターの裏にワイヤレスマイクを置いた。音をキャッチするとスイッチが入る。

店を出て、バンに乗りこんだ。

十一時三十分に、黒のスカイラークがビルの前に止まった。高感度フィルムの詰まったカメラで、そのスカイラークを撮影した。中には二人の外国人が乗っていた。

十分たつと、ひとりが降りたった。スカイラークが発進する。

残った方の男は、背の高い、銀髪の白人だった。ステンカラーのコートを着、両手をポケットにさしこんでいる。人通りはほとんどなかった。

僕はレンズの奥からずっと彼を追っていた。このバンには特殊な仕掛けが施してある。運転席ではなく、荷物室から外を撮影することができるのだ。

撮影も録音も、ダックに頼まれたわけではなかった。自分で勝手に思いついたことなのだ。

男が不意に振り返るのが見えた。そこにダックがいた。いつの間にか、ビルの入口に左肩をもたせて立っていた。昨夜と同じいでたちだった。

ダックが何といって、あの外交官を呼び出したのかはわかっていた。

任命状のことはあきらめる、かわりに現金を用意しろ、と脅したのだ。さもなければ、彼が王制派であることを本国に知らせると。

無論、あの男がダックの口を塞《ふさ》ぎにかかることは承知の上だった。

「日本の警察には、ローラ殺しで奴を逮捕することはできないのさ」

暗い声でダックはそういった。

「外交官特権という奴があるからな」

二人が階段の下に消えた。僕はレコーダーのスイッチを入れた。

扉の開く音をまず受信した。ダックがいった。英語だった。

「金はあるか」

「用意した、US五万ドル」

「いただこう」

「お前がこれで私の前に姿を見せないという保証はあるのか」

「何もない。あんたは俺が将軍になる夢を潰《つぶ》した。親友の娘を殺した。この上、何が必要なのだ。俺にこの金を持って自殺しろというのか？」

「できればそうしてもらいたい」

「馬鹿な考えは捨てろ。片腕でも、あんたより射撃はうまいんだ」

「それしか能のない人間だ、お前は」

「どうかな」

衣《きぬ》ずれが聞こえた。そしてカチリと金属音も。

「——何の真似だ」

「遺書を書いてもらいたい」

ダックがいった。

「ローラを殺したのは自分だという遺書だ」

「断わる」

「お前を殺す」

淡々とダックがいった。ボン、という破裂音が響いた。どちらかがよろけ、酒壜《さかびん》が倒れた。

「ひとりで来ると思っていたわけではないだろうな」

ダックではない方の男がいった。

僕は立ち上がった。破裂音はサイレンサーをつけた拳銃の銃声だ。走り去ったスカイラークの運転手を忘れていた。撃たれたのはダックの方だ。

次の瞬間、激しい銃声が響き、誰かが悲鳴をあげた。銃声はさらに二発続いた。

サイレンがようやく聞こえた。パトカーが近づいてくる。ダックに頼まれた通りの時間だった。午後十一時五十分。

レコーダーは沈黙していた。不意にひとりが弱々しく咳《せき》こんだ。パタパタという音がした。床を這《は》っているようだ。銃声はもうしない。

サイレンがすぐそこに来ていた。

突然、早口の英語がレコーダーに飛びこんだ。FENのD・Jだった。ラジオのスイッチを誰かが入れたのだ。

バンを飛び出し、走った。階段を駆けおりる。軋《きし》む扉を押した。

ふたりの白人は床に倒れていた。ひとりが長いサイレンサーのついた自動拳銃を手にしている。顔を半分失っていた。

もうひとりはカウンターのストゥールから転がり落ちたような恰好《かっこう》だった。左胸に赤い染みができていた。最初の白人だった。

ラジオにダックがもたれていた。右の腕から激しい出血をしていた。

「ダック！」

僕は叫んだ。

ダックはゆっくりと頭を持ち上げた。唇がゆがんだ。何かをいおうとしたようだ。しかし声にはならなかった。瞬《まばた》きをして僕を見つめた。唇をすぼめて囁《ささや》いた。

「シーッ」

ラジオでは午前零時の国歌演奏が始まっていた。ダックの唇がほころんだ。『星条旗よ、永遠なれ』彼の右手がぴくり、と動いた。じりじりと持ち上がる。やがて敬礼の形になった。

僕は彼の瞳《ひとみ》から目をそらせなかった。そして、彼に敬礼を返した。

警官がなだれこんできた。

炎が囁く

1

この世に神がいるかどうか、僕は知らない。また、別の問題なのだろうが、超能力が存在するのかどうかも知らない。まして、祟《たた》りとか霊魂という点になってくれば完全にお手上げである。

せいぜい、頭の回転が鈍い主催者の、どうしようもなく白けたクリスマス・パーティの会場あたりで、隣の席にたまたますわった女の子と交す話題にふさわしい、といったところか。

その女の子がひどく魅力的なら話は別だ。

どこのマティニが一番おいしいか、について悩みあい、ついては日本に初めて「キール」なる飲み物を紹介した、あの赤坂のナイトレストランに御招待する。マティニは僕が知る限り最高にドライでおいしいし、今はやりの、そこいらに出現したカフェバーあたりではとても太刀《たち》うちできない。

おまけに趣味のいい音楽を演奏していて、ちょいと足がもつれた向きには、女の子の好きな一流ホテルが目前にある。

だが、クリスマスにはまだ二日あるし、僕が悩んでいたのもそんな問題ではなかった。

「霊能力開発・人間性回復・ESPパワー増進　オメガサイクル研究所」

「宗教法人　炎矢《えんや》教団総本部」

一枚のスティールドアの左右に木製の看板がかかっていた。

そのマンションは原宿のど真ん中にある。仮に家賃を払って借りているのだとしても、馬鹿にならない額にちがいない。見かけに金をかけるのは、信者という名目で客を集めるためなのか、事実、儲《もう》かって仕様がないから、こうして一等地にオフィスを構えたのか。

十六歳の高校生が、自宅から父親の小切手帳を持ち出して駆けこむくらいだ。儲かっているのだろう。

問題は、父親の小切手帳を持って出たのは、悪いことだとしても、その宗教の信者となるのは本人の自由だという点だ。そして、その場所に、本人が居たいと思っているのだとしたら、何の権利もない僕が、どうやって連れ帰ればよいのだろうか。

「連れ帰って欲しい」と頼んだのは、両親である。父親は建設会社の社長で、家にいることは少ないが、他の点では何ひとつ不自由させた覚えはない、といった。母親は、しつけはキチンとしてきたし、大学もよそ（エスカレーターの女子大は嫌だったらしい）を受けたいというので、こうして家庭教師の先生すらお願いしていたのに、と恨めしげに僕をにらんだ。

最も落ちついていたのは、その家庭教師だった。名門のお坊ちゃま大学で、テニスとヨットが趣味、真っ黒に日焼けし、髪はあくまでも短く全身から清潔が匂《にお》う、といったタイプだ。何もわかっていないのに、妙に計算高く、そしてそれが結構、的を射ている。

「悪いグループとのつきあいはなかったと思います。僕は、ただ勉強を教えに来るだけじゃなしに、彼女の相談相手もつとめていましたから。優しい子ですよ、少し気が小さすぎるくらいで」

その気が小さい子が、いつの間にか「炎矢教」の信者となり「自己開発」のために、このオメガサイクル研究所に入ったというわけだ。冬の試験の第一日目、学校を出ると、家には帰らずまっすぐにここに来たらしい。そして、それから一週間泊まりこんでいる。家に一度電話をよこした。今、「ある所」にいて、生まれ変わろうとしている。すごく幸せな気持だから、しばらく家に帰ろうとは思わない。だが心配はしないでくれ——という内容だった。両親の許可を得て、彼女の部屋を調べた。ティーンエイジの女の子向けのマンガ、小説誌の切りぬきが数枚、どれもオメガサイクル研究所を扱った広告だった。

扉のインターホンを押した。

「お入り下さい」

誰何《すいか》されることもなかった。若い女の声でそう返ってきた。

僕はノブをひねった。待合室のような部屋がそこにあった。病院よりはずっと贅沢《ぜいたく》で着想に富んだ内装だったが。

窓がなく、三面の壁にソファが埋めこまれ、人の座高の分だけくぼんでいる。そこにすわると、すっぽりと壁に両面をはさまれるような仕掛けだ。そして天井にはプラネタリウムのような星座図が円形に浮かんでいた。

部屋の中央に球形のスタンドがひとつあり、かろうじて足元が見える程度の明るさを投げかけている。

人の姿はなかった。小川のせせらぎや小鳥の鳴き声といった効果音が、どこかに仕掛けられたスピーカーから流れ出ている。部屋の大きさは八畳ぐらいだった。

ソファのひとつにかけ、演出された雰囲気にひたりながら、一体この部屋の他の出入口はどこにあるのだろうか、と思索にふけった。

不意に効果音がやみ、声がいった。

「どのような御用件でしょう」

「家族の御依頼で、成瀬《なるせ》葉子《ようこ》さんをお連れしに来ました。こちらにおられることはわかっているので」

「お待ち下さい」

煙草を吸いたくなった。灰皿がない。

しばらくすると声がいった。

「成瀬は確かにこちらにおります。ですが、自宅に帰る意志はありません」

「当人に会って、それは確認させていただきます」

小切手帳のおかげか、冬の試験をスポイルするという快挙のおかげか、女子高生は充分、お身内としての認知を受けているようだ。

「教典によって、導師様の許可なく教団員を部外者に会わせるわけにはまいりません」

声はずっと冷たくなっていった。小鳥もおびえて逃げ出したくなるほどだ。虫の音は止み、鳥がはばたく。怪鳥音。

馬鹿ばかしくなり、いった。

「では導師の方に会わせて下さい。私は法律事務所から来ていて、御両親の委任状を持っています」

「導師様はお忙しい身です」

「では導師に訊《き》いて下さい。未成年者の監禁、窃盗の教唆《きようさ》についてどうお考えですか、と」

「……お待ち下さい」

「いつまででも」

皮肉をこめてやり返した。

「導師様がお会いになります」

どうしろ、とはいわなかった。向こうからやってくるわけだ。壁がひっこむか、床がせりあがるのか、どこから現われるかを興味を持って待った。

入口の扉が開いた。ふたりの男女が入ってきた。ふたりとも若い、二十には達していないだろう。髪が短く、黒ずくめの衣裳《いしよう》を着ている。導師の使いだろうか。いささか拍子ぬけしながら彼らを見つめた。

ふたりとも美形といえた。ふたりとも色が白く、男の方は前髪をひとたば、黒い帽子のへりからはみ出させている。女はやはり断髪で、いわゆるユニセックスタイプだった。ふたりとも化粧をし、華奢《きやしや》な体形でほとんど全身をおおう、黒いマントを着けていた。ちがいは男の帽子と、女のマニキュアだけだ。

ふたりは無機物を見る視線を僕に向けた。

「お名前を？」

少女が低い、かすれた声で囁《ささや》いた。

「佐久間公」

少女が立ち並ぶ少年を見た。少年が口を動かした。声は聞きとれぬほど小さかった。

「あなたはとても強い人ですね。強引で、しかも勇気がある。だけど炎には勝てない。炎はどんなものでも燃やしてしまう。どんなに厚い壁も貫くし、どんなに小さなできごとも見おとさない」

「何の炎？」

「オーラの炎です」

少女は答えた。

「成瀬さんは？」

「瞑想《めいそう》に入っています。炎の中にいます。いま連れ出そうとすれば、あなたが焼かれます。炎の力はとても強い。お帰りなさい」

少年が再び口を動かした。少女が通訳した。

「炎の輪です。あなたの周囲をとり巻いています。あなたは教団を汚した。教団員すべてがそれを知っています。悪いことはいいません、あなたはいま、とても危険です」

「君たちが宗教を信じるのは自由だ。けれども、成瀬さんは未成年者で、しかも家の財産を持ち出している。放っておけば刑事事件に発展するかもしれない」

少年が少女に囁いた。目はずっと僕に向けられたままだった。

「あなたは責任をとれますか？　私たちにも教団員すべてが放つオーラの炎を制御することはできない。その結果、彼女の身に恐ろしい出来事が起こったとしても、私たちの責任ではありません」

「彼女の身に何かあれば、警察は、僕ではなく君たちを疑うだろう。言葉を選んだ方がいい。同じことを成瀬さんにいっているとすれば、脅迫になるよ」

「私たちは彼女に何もいってはいません。求めたこともありません。彼女が自ら、仲間に入りたいといってきたのです」

「だったら僕に会わせてくれないかな。彼女は一週間のあいだ家に帰っていない。家族が心配するのは当然だと思うが？」

「家に電話を入れたはずです」

知っている以上、遠慮の必要はなさそうだった。

「彼女は君たちより若い。判断力もそこまで充分ではない。強制されているのか、いないのか、誰にもわからない。強制されているとすれば、それは犯罪行為になるんだ。会わせたまえ」

少年の蒼《あお》い顔が険しくなり唇《くちびる》の赤みが増した。僕に対しておびえている様子はない。目を細め、鋭くして僕を見た。

僕は黙って見かえした。しばらく誰も口をきかなかった。

少年が肩の力をぬき、口を少女の耳にあてた。

「わかりました。成瀬に会わせます。しかし、彼女の身に今後、何が起きても教団の責任ではありません。オーラの炎は、誰にも止めることができないからです」

少女はいうと、口をつぐんだ。

数分たつとドアが開いた。成瀬葉子だった。高校一年にしては大人びたヘアスタイルをした少女が制服を着て立っていた。日に焼けていて、制服以外の服装をすれば、誰も高校生だとは思わぬにちがいない。

家庭教師の若者が、今年の夏はヨット部の合宿に連れていったのだ、といった話を思い出した。僕は訊《たず》ねた。

「葉子さん？」

制服を着た少女は頷《うなず》いた。表情がすっぽりぬけおちたような、暗い顔をしていた。

「君を連れ帰りに来た。いいね？」

少女は、ふたりの導師を一度も見ようとはしなかった。もう一度頷いた。

「じゃあ、行こうか」

導師の少年が僕を見つめた。少女が口を開いた。

「彼が――みさきがいっています。冬はオーラが強い。特にクリスマス・イブは――」

「やめたまえ」

僕はそれをさえぎった。

「もう彼女は、君たちとは関係がなくなったんだ。あと何年もして、彼女が自分のことを自分で決められるようになったら、勧誘しなおすことだ。つきまとうと、今度こそ警察が出てくるよ」

彼らの前を通りすぎ、葉子を連れて廊下に出た。エレベーターを使って下に降りると、表参道に止めた車に乗りこんだ。

葉子は、板橋の自分の家に着くまでひと言も口をきかなかった。

2

母親は葉子の姿をひと目見て泣き出した。父親の方は仕事で地方に行っているという。かわりに家庭教師の、森《もり》という学生が家で待っていた。

葉子は家に着いても口を開こうとはしなかった。母親の涙には一瞥《いちべつ》もくれず、部屋に入った。慌てた母親があとを追い、僕は森とふたりで応接間に残された。

「彼女、何かいいましたか。家出の理由について」

森が訊ねた。自分の家のようにくつろいで、僕に茶を勧め、シガレットケースの煙草をくわえた。

「何も」

僕は首を振った。

「ひとことも口をききませんでした」

「夏まではいい娘だったんですがね。九月頃からかな、あの変なグループに入って、日曜ごとに出かけていたらしいんです。妙に原宿にばかり行くと思っていたんだ」

「何人ぐらい信者がいるのかすら、わからないところでした」

「今は大事な時期だから、そっとしておいた方がいいでしょう」

森は、さもわかったような口ぶりでいった。

「よくあるパターンですよ、この家も。父親は仕事でほとんど家にいないし、母親は過保護ときている。初めのうちは、だいぶ僕も厳しくやったので泣かれましたね」

「今、あなたは何年です？」

「三年です」

森は白い歯を見せた。

「クラブもそろそろ追い出されて、優の数をかき集めなきゃならない。商社に行きたいんですが、うちあたりでも今はなかなか厳しくて……」

名門大学の誇りが鼻先にぶら下がっていた。僕は話題を変えた。

「葉子さんのボーイフレンドについて何か御存知ですか？」

森は首を傾けた。

「いや、あの娘はオクテで。まだ、特定のはいないんじゃないかな。クラスの三分の一はもうバージンじゃないっていってるのを聞いたことはありますがね」

「どういうきっかけで、あの宗教団体に入ったんでしょう」

「さあ、僕はちょっと……」

葉子の一見大人びた容姿と、都心にあるミッション系のお嬢さん学校という組み合わせからは、彼女が新興宗教に凝るというのが何となく信じられない。

事実、連れ帰るといっても、葉子は何の抵抗も見せなかった。家を飛び出すほどの狂信的な信者とは思えない態度だ。

「ただ何ていうのかな、もっと田舎の女子高生や中学生なら、そういうのにひっかかるというのはわかりますが、葉子みたいな子がどうしてなのかな、とは僕も思いましたよ」

森も同じ思いだったようだ。煙を吐き出して、つぶやいた。

母親が戻ってきた。

「疲れたから寝かせてくれって。本当にもう、何を考えているのだか。ありがとうございました。でもほっとしました」

僕は立ち上がった。

「小切手帳は?」

「鞄《かばん》の中に。使った様子もなく、本当に、何とお礼を申し上げてよいやら」

「いえ、これも仕事ですので」

くどくど礼をいい続ける母親に告げて、僕は玄関に向かった。

車に乗りこみかけ、思いついていった。

「確かにいろいろあったと思います。少し落ちこんでいるようですから、しばらくは目を離さないで下さい」

「はい。それはもう」

百二十坪ほどの家の玄関には、僕の車と、森の黄色いフォルクスワーゲンが並んで駐まっていた。車の向きを変え、サイドウインドウをおろすと、門柱のところに立つ森と母親にもう一度、挨拶《あいさつ》をした。

車を出してから、僕は、自分が何を警告したかったのかと考えていた。

葉子の自殺だろうか。

それとも、彼女が殺されるとでも? オーラの炎に。

馬鹿げている。

もしそうなら、僕自身も無事にはすまないはずだ。いや、僕こそが危い。

せめて事故には気をつけよう。速度に注意しながら、事務所に向かった。

事務所に着くと、簡単に報告をすませた。

午後五時。そろそろ起きている頃だ。机の電話で沢辺のマンションに連絡を入れた。

ベルが二度鳴ったところで受話器が上がった。

「はい」

エコーのきいた沢辺の声が返ってきた。

「どこにいるんだ」

ちゃぷん、と音がした。

「朝の入浴中さ。夜に備えて体を磨いている」

「ひとりでか？」

「昼はひとり、さ。最近、夜昼問わずってのがつらくなってきた。年《トシ》だな」

その年は僕と同じぐらい。身長百八十五、切れる頭と広い顔を持ち、遊び人を自称している。働いたことはない。働く必要がないのだ。神戸に帰ると、彼を「坊ちゃん」と呼ぶ目つきの悪い人間がたくさんいる。

「どうする？」

「終わったのか？」

「世の中が平和に進んでくれるなら、今年はもうスーパーマンの出番はないね」

沢辺が大きな吐息をもらした。

「パーティがふたつある。片方がモデルの姐《ねえ》ちゃんたち、片方が女子大生だ。どちらをお好みで？」

「簡単にできる方」

「お前甘いよ。今のは、そうは簡単には脚を開かんぞ。モトデがいるんだ」

「そっちは君に任せる」

もう一度、溜息《ためいき》をついた。

「ネクタイぐらい持ってこいよ。それからお前のボロ車はおいてこい。渋谷の『R』で一時間したら会おう」

『R』は沢辺と僕が知りあった終夜営業の玉突き屋だ。そこで何度、スリークッションやポケットの勝負を戦わせたかしれない。

「オーケイ、今夜は君が運転手だ。制服はちゃんとプレスして、制帽も忘れず、エリオットの詩を最低、一篇は暗記してこいよ」

じゃぶんと音がした。バスタブの中に受話器を放りこんだのだ。

『R』には沢辺より先についた。おろしたばかりのキャメルのブレザーをハンガーにかけ、上品にエプロンをスラックスに巻いて突いていると沢辺がやってきた。

グレイのダブルのスーツにシルクのシャツ、臙脂《えんじ》のタイをきっちり結んでいる。カシミヤのマフラーが首にかかっていた。

「旦那、ビリヤードてのはネクタイをしめてるときにゃ佳い女のギャラリーを揃《そろ》えておくもんだぜ」

「気が小さいんだ。美人に見られてると思うだけで上がっちまう。タップの連続さ」

四ゲームほど遊ぶと沢辺のメルセデス五〇〇SELに乗りこんだ。

「どっちに行くんだい？」

「姐ちゃんたちの方さ。モデル同士、いい男には飽きたから、たまにはイカモノ食いをしようて物ズキな娘がいるかもしれない」

「どっちの話だい？」

「ん？」

沢辺がルームミラーで僕の顔を見た。

「イカモノてのは、僕か君か？」

「俺じゃねえことは確かだな」

ミラーでネクタイの結び目を確かめて沢辺が返した。

会場は南青山のレストランだった。軽い食事とワイン、ダーツとビンゴを中心にパーティは進んだ。が、戦果はさっぱりだった。残念ながら、僕や沢辺をその気にさせる娘には大抵パートナーが付いていたのだ。売れ残っているのは、やたらに背が高く、表情に乏しいユニセックスタイプの娘たちだった。

零時を過ぎて、沢辺と僕は人波と共に駐車場に流れ出た。沢辺には予約済みの娘がいたのだが、どういう風の吹き回しか彼はその娘をふって出てきた。

「失敗したよ」

沢辺は車に乗りこむとアクビをひとつもらして呟《つぶや》いた。

「パートナーに恵まれなかったな」

「お前の悠紀の呪《のろ》いがかかってるんだ。彼女、まだ帰らないのか」

音大生にして僕の心の拠り所、悠紀は九月からヨーロッパに留学している。大晦日《おおみそか》までは帰国できない、という国際電話を貰《もら》ったばかりだった。そういった。

「小人閑居して不善をなす、だな。彼女にもそれがわかって地球の裏側からまじないをかけているんだ」

「そういえば」

僕はいった。

「『炎矢教団』て新興宗教団体を知ってるかい？　原宿に本部がある」

「『炎矢教団』？」

沢辺は訊ね返した。思い出すように顔をしかめた。

「聞いたことがある。以前は神戸の方に本部があったのじゃねえかな。いつからか本部ごと行方不明になったはずだ。東京《こっち》の方に出張ってきてたのか」

「お知りあいかい？」

「冗談いうな。なんまんだぶに興味はねえよ。それがどうした？」

「昼間、そこから高校生を一人回収してきたんだ。奇妙な、導師とかいう若いカップルがいて、オーラの炎で僕を焼くといっていた」

「お前が焼き殺されるタマかよ」

「少し気になるんだ。連れ戻した高校生がやけにおとなしかった」

沢辺はイグニションを回した。

「きっとそいつの祟りだぜ。そのお蔭《かげ》で女がひっかからなかったんだ」

沢辺と僕の間には自動車電話がある。それが鳴り出した。

「祟りもこれまでだな。日付けが変わってツキが向いてきたらしいぜ」

いって彼は受話器を取り上げた。

「はい」

耳に当てた沢辺が、僕によこした。

「旦那だよ。いつから俺の車を移動事務所に使ってる？」

「君が高級車を購入した日からだ」

電話は、事務所の連絡係りからだった。彼らは二十四時間勤務しており、我々調査士の居場所も常にフォローしている。

話を聞き終えると、受話器をおろして僕はいった。

「運転手君、板橋にやってくれたまえ」

「……？」

「昼間の高校生が死んだんだ」

3

成瀬葉子は、自宅の庭に離れ様に拵《こしら》えられた勉強部屋で死んでいた。喉《のど》にカッターナイフで切った跡があり、出血多量が死因となったのだ。

母親が午前零時頃、様子を見に部屋に入り死体を発見した。死体は部屋の中央に仰向けになって横たわり、カッターは右の手元に落ちていた。自殺、他殺、どちらにも受けとれたが遺書はなし、かわりに僕が捜し出した「炎矢教団」の広告がデスクの上に広げられていた。

勉強部屋の出入口はひとつしかなく、それは渡り廊下で、母屋に通じている。母屋には母親がいたが、午後九時にはやはり一度、部屋に娘の様子を見にいった他は、出入りした者はない、といった。

「その時点でお嬢さんは?」

「ベッドで眠っておりました」

部屋にはベッドとデスク、本棚の他にステレオが置かれていた。この勉強部屋は昨年、高校受験のために葉子の希望で作られたものだった。窓が庭に面してあり、高さはおよそ一メートルで、決して人は出入りできぬわけではない。

警察は、自殺、他殺の両方で捜査を始めており、そのための事情聴取に僕を呼んだのだった。刑事は「炎矢教団」に興味を持ち、僕にいろいろと訊ねた。現場捜査の指揮をとったのは、大宅《おおや》という警視庁捜査一課の警部で、僕の知りあいの皆川課長補佐のいわば部下にあたる人物だった。僕も幾度かは会ったことがあった。

「『炎矢教団』ではあなたが葉子さんを連れ戻したことに対して、何か危害を加えるような態度に出ましたか」

大宅は三十代の後半か四十の初め、といったあたりで、大柄な体格に精悍《せいかん》そのもののマスクを備えている。どこをどう叩《たた》いても「警官」という音しか出ないタイプだ。優しげな雰囲気を漂わす皆川課長補佐とは、正反対だった。

「抽象的な形では」

僕は大宅に答えた。聴取を受けたのは、勉強部屋と母屋を結ぶ、渡り廊下の中央だった。

「抽象的?」

「オーラの炎がどうとか、ね」

大宅は眉根《まゆね》を寄せた。

「何です、オーラというのは」

「『炎矢教団』の教義に関したもののようです。日本語では確か、霊気とか訳す筈です」

「『炎矢教団』というのは、どんな団体なのですかね」

「念波やESP能力の開発によって、人間の能力を極限にまで高める——広告にはそう書いてありましたよ」

「インチキ宗教ですな」

あっさりと決めつけておいて大宅は、通りかかった警官を呼び止めた。

「所見による推定時刻は出たか」

「二ないし三時間経過とのことです」

午後十時から十一時の間ということだ。

「自殺、という線があるとしたら発作的なものですな」

大宅はいって手帳を閉じた。

「遺書がない——これはあまり証拠になりませんが。ためらい傷がない。仏の喉や手首はきれいなんです。普通、自殺の場合は少なくともひとつやふたつは、ためらい傷があるものなんです。思いきりよく一回でスパッというのは滅多にありませんな。まして、仏は死ぬ前まではずっと眠っていた。つまり精神的には、比較的安定しておったわけです。そうなるとますます考えにくいと思っていいでしょう。

ところで佐久間さんは、十時頃からどちらにおられました？」

「青山です。とりあえず証人のひとりは、この家の外にいますよ」

「失敬」

大宅が出て行くと、僕は許可を得て葉子の部屋に入った。死体は運び出された後で、鑑識の人間が数人、写真撮影と指紋採取を行っていた。

僕は発見時には閉まっていたというガラス窓をのぞいた。ロックはされていなかったが、窓そのものは閉まっていたのだ。ありきたりのサッシタイプで人間ひとりが楽に出入りできるだけの大きさはある。窓の下は石畳で、庭の垣根の方までずっと続いていた。他殺で、しかも母親が犯人でない限り、この窓が出入りに使われたと考えていいだろう。

部屋を出ると応接間に向かった。そこでは大宅がもうひとりの刑事と共に、葉子の母親から話を訊《き》いていた。

「すると奥さんは、九時にお嬢さんの様子をご覧になったときは入られなかったのですな」

「はい──いえ一度入りました。それから窓を閉めてカーテンをおろしました」

「閉めた、というのは？」

「あの娘はガスストーブをつけている間、いつも窓を細目に開いているのです。ですからストーブを消したついでに窓を閉めました」

「ロックはされましたか？」

「ええ。したと思います」

大宅が刑事と顔を見合わせた。葉子の死体が発見されたとき、窓自体は閉まっていたがロックはされていなかったのだ。

母親は僕に気づくと、真っ赤な目を向けた。昼間とはちがい、パジャマの上にガウンを着け、頭にカーラーを巻いている。

「こんなことになるんでしたら……佐久間さん──」

喉を詰まらせた。僕は訊《たず》ねた。

「御主人は？」

「さきほど電話いたしました。朝一番の飛行機で帰ると申しておりました」

僕は悔みの言葉をいって、玄関に向かった。大宅が追ってきて、僕の連絡先を訊ねた。

自宅と事務所の電話番号を教え、僕は沢辺のメルセデスに乗りこんだ。

「終わったのか」

沢辺が倒していたシートを起こして訊ねた。ネクタイを大きくゆるめている。

「一応はな」

「やれやれ」

沢辺はのびをしてぼやいた。腕時計をのぞく。

「おい、もうクリスマス・イブだぜ」

クリスマス・イブ——誰かもそういった。そうだ、あの「炎矢教」の少女だ。冬はオーラが強まる、特にクリスマス・イブが——。

「原宿に行こう」

「今からか」

沢辺は驚いたようにいった。午前二時を回っていた。

「『炎矢教団』について知りたいんだ」

「お前、本当にオーラの炎がやったと思っているのか?」

「わからない。だが確かめることはできるよ」

「どうやって……?」

「連中は僕にも警告した。もし成瀬葉子が、連中のいうオーラの炎で殺されたのだとしたら、僕の身にも何かあるはずだ」

「ぞっとしない話だ」

「頼みがある」

沢辺は僕を見つめた。

「オーラの炎に操られて、僕の喉を切り裂かないでくれよな」

沢辺は顔をしかめた。

「お前をバラすのはいいよ。だが、彼女に復讐《ふくしゅう》されることを考えただけで肝が縮むぜ」

真夜中を過ぎると、さすがに表参道には人けがなかった。昼間止めたのと同じ場所に
メルセデスを止めさせ、僕はドアを開いた。

「サツの先回りをして評判を落としても知らんぜ」

「命を落とすよりはましだろう」

「わかった。待てよ」

沢辺はシートの下に手を入れた。前の車、バラクーダ・クーダに乗っていたときにも
そこに手を入れていたのを見たことがある。クルミ材の柄を皮鞘《かわざや》からのぞかせたナイフ
だ。

ジャケットの内側にすべりこませると、僕につづいて車を降りた。

「お前を見殺しにしても、あとが恐いぜ」

声が途中で白い息に変わった。ショウウインドウに飾られたクリスマスツリーの明滅

をぼんやりと僕は眺めた。

本当にオーラが人を殺すのか？

「冷えるな。やっぱりお前を見捨てて女に走るべきだったぜ」

沢辺が呟《つぶや》いた。

「今からでも遅くはないぞ」

「俺にふられたからといってひとりで寝る女じゃねえよ。どこなんだ、で？」

ジャケットの前で腕を組み、足踏みしながら沢辺が訊ねた。

「このマンションの八階だった」

「じゃ早いとこやっつけようぜ」

エレベーターに乗りこんだ。マンションの建物の中は静まりかえっていた。音をたてて箱が上昇した。

廊下を歩き、看板のかかった扉の前に来た。インターホンを押し、待った。返事はない。沢辺がいった。

「帰って寝ちまったかな」

「どこへ帰るんだ？」

沢辺は肩をすくめた。

扉には鍵がおりていた。仕方なく我々はエレベーターで下った。止めてあるメルセデスのところまで止み寄った。ドアに手をかけて、通りの向こうにいる人影に気づいた。

あのふたりだった。黒ずくめの衣裳《いしょう》を着け、身を寄せあうようにして、あたりで唯一の、終夜営業レストランから出てきたのだ。

沢辺が僕の視線に気づき、振り返った。

「あれがそうか」

「導師様だよ」

「神がかりでも腹は減るようだな」

彼らは二卵性の双生児のように見えた。高速で通りかかったタクシーに手を上げる。

そのとき凍りつくような風が表参道を吹きぬけ、黒いマントを翻した。

タクシーはブレーキ音をたてて急停止し、ドアを開いた。

「追っかけるか」

僕は頷《うなず》いた。

「乗んな」

タクシーは発進していたし、反対車線だった。僕がドアを閉める前にメルセデスは走り出した。明治通りとの交差点で大きくUターンする。

既にタクシーの尾灯は二四六号の方に向けてかなり遠ざかっていた。メルセデスは重い唸《うな》りを上げた。鼻先をもたげ、突進する。

「目がさめてきたよ」

火のついていないゴロワーズを口にさしこんで沢辺が低い声でいった。二四六の手前で、タクシーが右折するのを見届けた。右折の信号は消えようとしているのに、メルセデスは交差点の手前百メートルにあった。

「いくぜ」

沢辺がシフトをセカンドに落とした。一瞬の間をおいてメルセデスの回転が上がり、加速された。ライトを上に向ける。

交差点に進入したときは、信号は赤に変わったあとだった。沢辺はフォンボタンに片手を当てた。

直進の車が次々に急ブレーキを踏んだ。走り過ぎたトラックと止まったタクシーの間をメルセデスはすりぬけ、沢辺は大きくハンドルを切った。一瞬、後尾が流れたが、カウンターを当てて防ぐ。後ろから直進してきた軽自動車がブレーキを踏み、くるりとスピンした。運転者は心臓が喉もとまでせりあがっただろう。

ふたりの乗ったタクシーにその次の信号で追いついた。

「交通事故に気をつけようと昼間思ったんだ」

「それじゃあ運転手が気を悪くするぜ」

シフトをドライブに戻して、沢辺は煙草《ゴロワーズ》に火をつけた。

タクシーは二四六号をまっすぐに進んでいた。渋谷をぬけると、道は急にすき、流れのスピードも上がった。

「どこまで行くつもりかな」

世田谷《せたがや》を通りすぎ、瀬田で曲がった。

「東名だぜ、おい」

言葉通り、タクシーは東名高速に登った。

「まさか奴ら、タクシーで高飛びするつもりじゃないだろうな」

「彼らがやったという証拠はまだないんだ。第一、本当にオーラで殺したのなら警察にも手は出せないよ」

川崎、横浜、厚木、秦野《はだの》中井、そして大井松田のインター標識が夜の中にとび去った。高速にのってから一時間が過ぎた。沢辺は百メートルの車間距離をおいてぴったりと追尾していた。

御殿場インターチェンジが見えてきて、ようやくタクシーがウインカーを点《つ》けた。

御殿場で東名高速をおりたタクシーは、北上した。籠坂峠《かごさかとうげ》、山中湖に向かう方向だ。

やがて山中湖にぶつかり、平行して走りだした。

「ガソリンを満タンにしてきてよかったぜ」

フユーエルメーターをのぞいて沢辺がいった。

実際、彼らがどこに行こうとしているか、僕にも見当はつかなかった。葉子の部屋で見た「炎矢教団」の広告には、このあたりに何かのつながりがあるという記事などなかったのだ。

左手に見えていた湖もやがて姿を消し、車は再び長い登りに入った。「四一三」と数字の書かれた国道標識が、光の中に浮かんで消えた。沢辺がいった。

「丹沢《たんざわ》の方角に戻ってやがる」

丹沢大山国定公園——矢印の下に文字が見えた。

タクシーが不意に左に折れた。沢辺がブレーキを踏み、ライトを消した。曲がったところで、タクシーが止まったのだ。

乗客を吐き出し、Uターンすると、我々の車の傍らを走りすぎていった。

ライトを消すとあたりは真の闇《やみ》だった。

「どうする?」

沢辺が訊ねた。

「行ってみよう、そのために来たんだ」

沢辺はゆっくりとメルセデスを進めた。タクシーが折れた道まで辿《たど》りついた。曲がってすぐの場所にチェーンがはられ、看板が下がっていた。

「オメガサイクル研究所　施設内立入禁止」

チェーンの奥にぼんやりと明りをもらす建物があった。ふたりがそこへ入ったことはまちがいなさそうだ。

「こんばんは、か？」

「ああ」

人影はない。僕と沢辺はライトを消したメルセデスの中から道の奥をのぞきこんだ。

その時、コツコツと車体を叩《たた》く音がした。

沢辺と僕は顔を見合わせた。先に動いたのはぼくの方だった。ドアを開いて、外に降りたったのだ。

いつのまにか、あのふたりがベンツの背後に回っていた。無言でたたずみ、僕を見つめていた。

4

「なぜ私たちのあとを追ってきたのですか」

少女が先に口を開いた。

「君の予言が当たったからだ。成瀬葉子が今夜、殺された」

少女の顔には何の変化もあらわれなかった。能面のような表情で彼女はいった。

「警告したはずです」

「君たちがやったのか？」

「直接には手を下したわけではありません」

「ではどうやった」

「あなたに説明しても理解のできないことです。オーラの力は誰にも止めることが不可能です」

沢辺がドアを開いて降りてきた。

「コウ……」

低い声でいった。僕は振り返った。

メルセデスの周囲を何人かの人影が囲んでいた。どれも若い、十代の後半の少年たちだった。一様に表情の欠けた、無気味な雰囲気を漂わせている。

「どうやって彼女を殺したんだ。彼らのひとりにやらせたのか」

人数は五人を越えていた。皆、同じオレンジ色のジャージィの上下を着け、胸に「炎矢教団」の縫い取りが入っている。

少年が少女の耳元で口を動かした。少女の頰《ほお》がわずかに紅潮し、目が輝いた。

「みさきがいっています。あなた方は汚れた存在だと。排除しなくてはなりません」

肉のぶつかりあう音を沢辺の方角で聞いた。途端にふたりの少年が体を低くして突っこんできた。

嫌というほどメルセデスの車体に背中を叩きつけられた。息が詰まり、視界が黒ずんだ。どちらかはわからないが少年の髪が匂《にお》った。ふたりの首を両脇に抱えこんだ。ふたりとも一言も言葉は出さず、獣のように荒い息づかいをしている。鳩尾《みぞおち》に拳をくらった。僕は呻《うめ》いて、膝《ひざ》をつきあげた。

ひとりの顔に入り、悲鳴が上がった。片方の腕から重みが消えた。顔の横が熱く燃えた。殴られたのだ。意識する暇もなく、殴り返した。

相手がのけぞったので、沢辺の方を見る余裕が生まれた。さすがだった。地面にふたりをのばし、三人目にかかっている最中だった。

少年たちは決して喧嘩《けんか》慣れしているわけでもなく、命令通りただ闇雲《やみくも》に腕を振り回し突進してくるだけなのだ。一撃を見舞っただけであっさり倒れ、その場で戦意を喪失するようだ。

肩をたいしたことのない力が殴った。振り返ると、脅えた顔の少年が荒い息づかいで立っていた。胸に手をあて、つきとばした。細い悲鳴を上げて倒れ、二度と起きあがってはこなかった。

「何だこいつら、まるきりデクの坊だ」

沢辺がメルセデスの屋根に片手をついて吐き捨てた。沢辺の相手をした少年たちは、徹底的に痛めつけられていた。ひとりは鼻柱を折られ、泣きじゃくっている。

僕はふたりの姿を捜した。チェーンの向こうの建物に向かって早足で急ぐ後ろ姿を見つけた。

チェーンをとびこえて、彼らを追った。建物の中に逃げこむ前につかまえなくてはならない。

少年の方に追いついた。マントの襟がみをつかみひきずり倒した。鋭い悲鳴を少年は上げた。帽子が飛んだ。

初めて聞いた彼の声は女のものだった。少女が立ち止まった。彼女の方が先を走ってたのだ。

「みさきっ」

声を上げた。男の声になっていた。彼らの性別は、外見とは逆だったのだ。

「みさきをはなせっ」

彼女が叫んだ。

「教えてもらおう。どうやって成瀬葉子を殺した?!」

「知らない。いったはずだ、オーラの炎だと」

「納得のいくように説明するんだ」

僕はみさきの襟をつかんだまま、彼女にせまった。ずるずるとみさきの脚が砂利道をすり、弱々しい悲鳴をたてた。

「あかり……」

みさきを放してやった。尻《しり》もちをついた彼女は暗がりの中で泣き声を出した。

「あかり君か。すっかり君を女の子だと思いこんでいたよ」

僕は一歩踏み出していった。夜目にもあかりが蒼白《そうはく》になっているのが見てとれた。

「手のこんだ芝居だな。若い連中をだまして、信者にひき入れる。男女を入れかえてみせたのは何のためだ？　その方が神秘的にうつると計算したのか、え？」

あかりはおびえて後退した。

「ここに来たのは、逃げこむためか。どうやって彼女を殺した？　君らのことは警察も知ってるんだ。素直にいった方がいいぞ」

あかりは激しく首を振った。

「やってない、やってない」

「オーラの炎といったな。あれをどう使って、彼女の喉を切り裂いたんだ？」

「そんなことはしてないよ、本当だ」

「じゃあなぜ、彼女が殺されたことを聞いても驚かなかった？」

「それは……」

あかりはうつむいた。

「コウよ」

沢辺が追いついてきていった。

「ここじゃ寒すぎる。中で話したらどうだ」

「連中は？」

「おとなしいもんさ。恐がって泣き出す奴もいるぐらいだ」

「彼らは何者だ」

僕はあかりに訊ねた。

「教団の青年部です。きのうからここに合宿に来ているんです」

「他にもいるのか？」

建物を指して僕は訊ねた。

「青年部は……いえ……」

「どうも変だな」

僕はいった。

「こんな子供ばかりで宗教団体がなりたっているとは思えない。どこかに大人がいるはずだぜ」

「あんたたち、そこで何をしとるんだ?!」

大きな声が建物の方角から響いた。懐中電灯の光芒《こうぼう》が僕らの顔を射る。

「そいつを下に向けろっ。そっちこそ何者だ⁈」

沢辺が怒鳴り返した。

「私は教団の役員だ。あ、導師さまっ」

沢辺がニヤッと笑った。

「いたぜ大人が……」

「お前たち、導師さまにそんな真似をしてただで済むと――」

ライトの輪が、みさきからあかりへ、そして僕から沢辺に移ったとき、声の主は絶句した。

「何ごとだ?」

「お知りあいなんじゃないか? やっぱり」

僕は沢辺にいった。ふたりで建物の方に歩み寄っていた。そこには、半白の髪を総髪のように束ね、鼈甲縁《べっこうぶち》の眼鏡をかけた初老の男が立ちすくんでいた。少年たちとは色ちがいの、白のジャージィに毛皮のついたコートを羽織っている。

男の顔が沢辺に向けられた。泣き笑いのような表情になっている。

「これはこれは……」

沢辺が低く口笛を吹いた。

男の名前は前田《まえだ》といい、神戸の親分衆に所払いをくらった詐欺師《さぎし》だった。大阪にもいられなくなり、東京の方に流れてきていたのだ。無論のこと、沢辺も彼を知っていた。まだ関西で羽ぶりがよかった頃、前田が開いていた店に、沢辺も出入りしたことがあったのだ。前田は沢辺の素性を知っている。そういう意味でも、最も会いたくない相手だったにちがいない。

「驚いたよ、あんたが『炎矢教団』の黒幕とはな」

研究所の入口ホールで、がっくりとすわりこんだ前田に沢辺はいった。青年部の少年たちは既に部屋に帰り、食堂のように清潔でガランとしたホールには、我々三人と、みさき、あかりがいるきりだった。

建物の構造も、研究所というよりは研修所に近いようだ。何人もの人間が泊まれるような宿舎と食堂、申しわけ程度に文献を揃《そろ》えた図書室、そして前田の居室も兼ねた「研究室」といった具合いだ。

「沢辺さん、わたし、ようやっと芽が出始めたところなんです。どうかわたしに会わなかったことにしてもらえまへんやろか」

「西の方、まだ危《やば》いのかい」

「へえ。悪い土地売りつけまして。指だけでは済まん、と……」

「神戸から『炎矢教団』が消えたとき、あんたがこっちへ流れたときなんだな。まさかそうとは思わなかったよ」

「どうかこのことは内聞に……」

前田は総髪をテーブルにこすりつけるようにして頼んだ。

「待ってくれ。あんたの正体はともかく、東京で人がひとり死んでるんだ。そいつはどう説明する？」

沢辺が訊ねた。前田は長いテーブルの端で、不安そうに身を寄せあっているふたりを見やった。

「こいつらは、私が神戸で使っておったんです。大阪で食いつめとるのを拾いまして。みさきの方はちっとも大阪弁がぬけんので、喋《しゃべ》らせんことにして、あかりに通訳させたんです。東京《こっち》では女の子がなまると、どうしても格好がつきません。そこで万一大阪弁がばれてもええように、男と女、いれかえまして」

「宗教法人というのは？」

「まったくの嘘《うそ》っぱちです。そうでもせんと格好つかんので」

新宿や六本木の盛り場で、定職もなくうろうろしている若者たちをまずひっかけることから始めたのだという。うまく洗脳すると、仲間を連れてこさせ、徐々に信者を増やしていった。そして彼らにとって幸か不幸か、働くことを勧め、教団への寄付や労働による奉仕を命じたのだ。

信者が増えていくに従い、教団の資金も潤沢になった。そこでこうした「研究所」や原宿の本部を借り、今度は普通の高校生や中学生に的を広げていったのだ。

「何せ、教祖ちゅうか、導師が子供なので、子供がぎょうさんひっかかりまして……」

「成瀬葉子もそのひとりというわけだったんですね」

「はい」

「どうしてその子を殺したりしたんだ」

沢辺が訊ねた。

「滅相《めっそう》もない！」

前田は首を振った。

「何で人殺しなんかを、あんた……」

「じゃ、殺人があったことを知ってるのはなぜだ？」

前田は苦りきった表情を浮かべて、ふたりの導師を見やった。

「実は、わたしはずっとこっちの方におったんですが、今日の夕方、あかりから電話をもらいまして、カモに逃げられたと。事情を聞いて、ドアホ！　と怒鳴りましたんです。一週間も泊まらせてやって、只飯《ただめし》も食わして、ちょっとガタかけられたくらいでカモ離すアホがどこにおるか、と。オーラの件でさんざんおどかしておいたんなら、今からでも遅くはないさかい、寄付をしっかり取りたててこんかい、いいましたんですわ」

そこであかりが、夜になるのを待って成瀬葉子の自宅を訪ねた。葉子だけに会って寄付金を取りたてるのが目的だった。

ところが、あかりが葉子の勉強部屋に忍んでいったときには、既に彼女は殺されていたのだという。

「ブルブルに震え上がって、電話してきよったんです。ですから、すぐにこっちへ来い、といったんですわ。サツに入られたらイチコロですから……」

おびえきったあかりとみさきは、前田のいうことも素直に聞く気になれず、このまま大阪に逃げ帰ろうかと、マンションの向かいのレストランで相談していたのだ。だが結局、前田の元に逃げこむ他はない、ということに落ちつき、タクシーに乗りこんだところを僕が見つけたというわけだった。

「それより、ですな」

前田が膝をのり出した。

「あの葉子ちゅう娘、フトいタマでっせ。何のために、うちの本部に転がりこんどったと思います?」

沢辺が僕を見た。僕は首を振った。

「ガキを堕《お》ろすために家を出よったんです。ほら、堕ろしたあとは、しばらく身動きできませんでっしゃろ。出血もあるし、家の者にばれたら危《やば》いっていうんで、うちを頼ってきたんですわ」

「すると、彼女は前々からの信徒ではなかったのですか？」

僕は訊ねた。

「前々も何も、転がりこんできた一週間前がお初《はつ》ですがな。友だちちゅうのが前には信者におりましたが、もし、父親の小切手帳持っとると聞かなんだら、叩き出させたところです。せっかく景気がようなった矢先に、家出娘なんぞ抱えこんだら、どうにもなりませんがね。サツにも危いし」

「本当かい？」

僕はあかりとみさきに念を押した。二人は無言で頷いた。こうして見ると、ふたりともありきたりの若者に過ぎない。

「どうしたんだ？」

沢辺が僕を見た。

「東京に戻るぞ」

「どうしたっていうんだ」

「わかったんだ。誰が成瀬葉子を殺したのか」

沢辺は溜息《ためいき》をついた。

「で、誰がやったんだ？　名探偵」

「東京に戻ってからだ。行こう」

前田と二人の若者は、あっけにとられたように僕を見つめた。

「この連中はどうするんだ」

「放っておくさ。もし君が構わないならね」

前田は哀願のまなざしを沢辺に向けた。沢辺は肩をすくめた。

「コウがいいってのなら、俺はいい。ただ事件そのものは起こっちまってるんだ。サツが放っておいてくれるのなら、な」

前田の希望が、穴の空いた風船のようにしぼんだ。

「あかん」

前田は頭をかかえて呻《うめ》いた。僕は立ち上がった。この詐欺師がこの期に及んで嘘をついたのではない限り、嘘をついていた人間がいたのだ。

成瀬葉子の家出を妊娠とは関係のないものと偽るため、彼女が前々から「炎矢教」に深入りしていたと周囲に思いこませようとした人間である。

司法解剖の結果が翌日の昼に出た。僕と沢辺は、遺体を返還された成瀬家を夕方、訪ねた。

ひっそりとした通夜が始まっていた。用意された別室に、僕と沢辺は案内された。葉子の両親と森、それに大宅警部がそこにいた。

大宅警部とは昼の間に一度、会っていた。

葉子の両親、森とも喪服を着け、威儀を正していた。森には、喪服すら似合い、スマートな姿だった。さすがに葉子の父親の前では、我がもの顔はできないようだ。おとなしく、優等生の表情を浮かべていた。

解剖の結果は、前田の言葉を裏付けていた。葉子は掻爬《そうは》手術を受けた直後だった。

大宅警部によってその事実が告げられると、葉子の両親は目を瞠いた。母親が帯の間からハンケチを出して目頭に当てる。

僕はいった。

「森さん」

森が暗い表情で僕を仰ぎ見た。

「葉子さんは、『炎矢教団』にはほとんど関わっていなかったんですよ。たまたま仲のいいクラスメイトの娘がひとり信者だっただけで。以前にもその娘に誘われてはいましたが、原宿の本部を、家出するまでは、一度も訪ねたことはなかったんです。なのにあなたは僕に、九月以来原宿に毎日曜、出かけるようになった、といいましたね。なぜです?」

森が切なそうに笑みを浮かべた。白い歯がこぼれた。

「堕ろしていない——そういったんです。産むことに決めた、とね。嘘をついていたんだな……」

葉子の両親が身をこわばらせた。父親が腰を浮かせた。大宅警部がそれを止めた。

「じゃあ、あなたが彼女を殺したんですね」

森は目を閉じ、頷いた。僕はいった。

「葉子さんの部屋の窓は、内側から鍵をしてあった。つまり、葉子さんが、夜、あなたが訪ねてくるのを待って外したんだ。おそらく、今までにもこういうことが何度かあったんでしょう?」

森は無言で頷いた。

「家出から戻ってきた葉子さんが、まだ子供を堕ろしていない、といったんで、あなたは焦った、就職も近く、どうしても父親になるわけにはいかなかったからだ」

「夏休みです。夏休みに、交通事故みたいにして、できてしまった。もう、本当に早く堕ろさなければ、大変なことになるところだったんです。彼女の友だちも、僕の方も、どうしてもアテがつかなくて、そうしたら彼女が、いいところがある、といい出したんです。堕ろしたあと、しばらく泊まっていられて、しかもお金の心配のないところがあるって……」

大宅警部が森の肩を叩いた。葉子の母親が唇を震わせながら、森を見つめていた。父親は疲れたように目を閉じ、長く、重たい溜息をついた。

大宅警部と森が出ていくと、僕は沢辺を促した。

成瀬家の外に出、門柱のところでパトカーを見送った。しばらくふたりとも無言だった。交互に煙草に火をつけ、煙を吐いた。

目が合うとニヤッと笑った。

「酒が飲みたくなったよ」

僕はいった。

「あるぞ。今夜もパーティが。今夜は本物のクリスマス・イブだからな」

「どうせカラ振りさ」

「いや、あの呪いがイカサマだとわかった以上、今度こそ大丈夫だ。ただし――」

「何だい？」

沢辺がキイホルダーを投げた。

「今夜は、お前が運転手をする番だぜ……」

底本

『漂泊の街角』（角川文庫／一九九五年）

新装版刊行にあたり加筆・修正をしております。また、本作品はフィクションであり、登場する人物、団体などはすべて架空のものです。

双葉文庫

お-02-19

漂泊《ひょうはく》の街角《まちかど》〈新装版〉

失踪人調査人・佐久間公《しっそうにんちょうさにんさくまこう》❸

2024年9月14日　第1刷発行

【著者】

大沢在昌《おおさわありまさ》

【発行者】

箕浦克史

【発行所】

株式会社双葉社

〒162-8540 東京都新宿区東五軒町3番28号

［電話］03-5261-4818(営業部)　03-5261-4831(編集部)

www.futabasha.co.jp（双葉社の書籍・コミックが買えます）

【印刷所】

大日本印刷株式会社

【製本所】

大日本印刷株式会社

【カバー印刷】

株式会社久栄社

【DTP】

株式会社ビーワークス

【フォーマット・デザイン】

日下潤一

ISBN978-4-575-52792-6 C0193
Printed in Japan

標的走路
失踪人調査人・佐久間公①〈新装版〉

大沢在昌

銀行頭取令嬢から依頼された「恋人捜し」からはじまる圧巻の長編サスペンス。

双葉文庫

感傷の街角
失踪人調査人・佐久間公②〈新装版〉

大沢在昌

80年代の都会の喧噪のなかで消えた若者たちを捜すデビュー短編集。

双葉文庫

悪人海岸探偵局〈新装版〉

大沢在昌

ギャルとギャングで溢れる悪人海岸を舞台に
私立探偵が大暴れする痛快連作。

双葉文庫

流れ星の冬〈新装版〉

大沢在昌

40年前の伝説の強盗「流星団」、その最後にして最大の仕事が動き出す。

双葉文庫

夜明けまで眠らない

大沢在昌

元傭兵でタクシー運転手をする久我のもとに
過去の因縁が降りかかる。

双葉文庫

Kの日々〈新装版〉

大沢在昌

闇に葬られた組長誘拐事件。怪死を遂げた男の恋人の調査をはじめると……。

双葉文庫